고양이가 기다리는
집으로 가고 싶어

고양이가 기다리는 집으로 가고 싶어

니오 사토루 지음
고이즈미 사요 그림
박주희 옮김

예문아카이브

출처 및 일러두기

• 〈고양이가 있는 집으로 돌아가고 싶어〉
(네코비요리 2016년 9월호~2020년 3월호) p.4-47

• 단가短歌연작 〈고양이가 있는〉
(네코마루 2011년 겨울호) p.48-55

• 〈고양이 단가〉
(네코마루 2007년 겨울호~2010년 여름호, 2011년 여름호~2020년 겨울봄호) p.56-105

• 〈고양이 단가 출장편〉
(네코비요리 2014년 1월호~2014년 5월호) p.106-111

• 이 책은 위의 연재에 글을 더해 수정하고, 고양이 일러스트를 새로 그려 재구성했습니다.
• 각 에피소드 제목은 우리 시조와 유사한 일본 전통시 '단가' 형식입니다. 시인인 저자의 의향에 따라
  일본어 원문을 함께 수록했음을 밝힙니다.
• 본문에서 '단가'에 대해 언급한 일부 부분을 '시'로 변경해 수록했습니다. '단가'라는 용어가 일반 독자
  에게 낯설 수도 있음을 고려했습니다.
• 본문의 주는 모두 옮긴이 주입니다.

차례

저 빌딩 옆
실외기 위 고양이에게는
아무도 눈치채지 못한 마을이

업무차 오사카에 왔다. 이번에는 일주일 정도 머물 예정이다. 우리 집에는 고양이가 여덟 마리 있다. 모두 '그냥 두면 내일 당장 죽을지도' 모르는 상태로 구조된 고양이들이다. 이런 말을 하면 친구는 의아하다는 듯 묻는다.

"고양이가 그렇게나 많다고?"

많지 그럼.

오늘도 묵고 있는 호텔에서 조금 걸었을 뿐인데 빌딩과 빌딩 사이에 있는 고양이를 발견했다. 혹시 하는 생각이 들었다. 길고양이는 토토로 같은 존재라서 특정한 사람들에게만 보이는 건 아닐까. 만약 그렇다면, 나는 고양이에게 선택받은 인간이란 소리니까 이거 기분 좋은데……라고 생각하다가 곧 정신을 차렸다.

아니, 아니야. 내가 고양이를 인지하듯이 어떤 사람들은 고양이 아닌 다른 무언가를 알아차릴지도 모른다. 내게는 눈에 띄지 않는 것들을. 날아다니는 새나 누군가의 생각 같은 그런 것들을. 거기까지 생각이 미치자, 지금까지 얼마나 많은 것들을 그냥 지나쳐왔는지 깨닫고는 놀라고 말았다.

빌딩 사이의 고양이는 언제라도 달려나갈 준비가 된 자세였다. 그러면서도 결코 나에게서 눈을 떼지 않는다.

밖에서 살아가는 고양이의 다부지고 늠름한 눈을 보고 있자니 눈물이 날 것 같다.

"아무것도 안 할게"라는 말을 남기고 그 자리를 떠났다.

고양이가 기다리는 집으로 돌아가고 싶다고 생각하면서.

낯선 고양이와 친구가 되는 방법을 안다면 늘 행운이 따를 것이다.

- 미국 속담

찍을 수 없어 그저 바라볼 뿐
피사체 같은 자세로 자는 고양이를

고양이가 자는 모습은 정말 좋다.

실은 고양이라는 존재 자체가 무조건 좋은 거겠지. '잠자는 모습'이라는 조건
이 추가되었다고 해서 새삼 더 좋아진 건 아니겠지만, 그래도 너무 좋다. 자
는 고양이 모습.

고양이가 자고 있는 모습을 보면 고민거리나 응어리진 마음 따위는 아무렇지
않게 된다. 하늘 가득한 별을 바라보는 것과 어딘지 비슷하다.

어느 날, 사무실로 쓰고 있는 2층에서 1층으로 물을 마시려고 내려왔다. 계
단을 내려와서 부엌까지는 거실이다. 거실로 들어서는 문을 열고 마루에 시
선을 내리자 고양이가 엄청난 자세로 자고 있었다. 나를 웃기려는 속셈이었
을까. 내가 내려오는 것을 알고 미리 계산한 다음 그 자세로 자는 척하는 게
아닐까 싶을 정도로, 엄청난 자세다.

퍼뜩 2층에 둔 일안 렌즈를 가져와야지 하다가…… 그러면 고양이의 농간에 넘어가버리는 듯해 그만두었다. 그대로 고양이 곁을 지나 부엌으로 갔다. 우리 집은 일 년 내내 차가운 보리차를 즐긴다. 냉장고에 있던 보리차를 컵에 따라 거실로 돌아온다. 고양이는 여전히 같은 자세로 자고 있다. 소파에 앉아 녀석을 보면서 보리차를 쭉 들이켰다.

이때다.

'나 지금 너무 행복한 거 아냐?' 하고 생각하게 되는 순간이.

고양이는 꼭 사진 찍기 어려울 때 가장 기묘하고, 흥미롭고, 아름다운 포즈를
취하곤 한다.

- J. R. 콜슨

검은 고양이는 구분해도
모모쿠로나 AKB*는 모르겠어

15년 전쯤의 일이다. 당시 처가에서 기르던 '모모'라는 고양이가 몇 개월째 집으로 돌아오지 않았다. (시골이었기에 외출이 자유로웠다) 모두 모모는 병으로 죽었거나 사고를 당했을 거라고 포기하던 참이었다. (산골이라 구덩이에 빠지거나 까마귀에게 잡혀가거나 하는 '사고' 말이다)

어느 날, 장모님이 아내에게 반년 만에 모모가 돌아왔다고 연락을 하셨다. 모모는 딱히 쇠약해지지도 않고 당연하다는 듯이 돌아온 모양이다.

그 이야기를 듣고 나는 (그 고양이, 진짜 모모 맞아?)라고 의문을 던졌다. 모모는 (이런 이야기는 실례지만) 어떤 특징도 없는 검은 고양이다. '모모라면 좋겠어'라는 바람 때문에, 장모님은 비슷한 고양이를 모모로 착각하게 되신 게 아닐까. 무늬가 비슷한 고양이를 구별하는 건 애초에 불가능하다고 생각했다. 더욱이 내가 고양이를 기르기 시작한 지 얼마 되지 않은 때라 잘 몰랐던 것이다.

지금은 그 말이 얼마나 어리석은지 잘 안다. 함께 살고 있는 고양이라면, 어느 정도 닮았다 해도 반드시 구별할 수 있다. 무늬나 꼬리 길이, 말린 방향, 목소리, 우는 방법, 걷는 법, 행동을 보면 못 알아볼 리가 없다.

당시 의심 가득한 눈초리로 보았던 장모님과 모모에게, 이 자리를 빌려 사과하고 싶다. 죄송합니다.

* 모모이로 클로버Z(모모쿠로)와 AKB48은 일본의 대표적인 걸 그룹이다.

몸을 쭉 펴는 고양이 등을 보고
미끄럼틀을 만들었을 거야

　　　　　"밥이다."

말이 나오자마자, 몸을 둥글게 말고 있던 고양이가 귀찮은 듯 몸을 일으킨다. 아직 눈이 반밖에 뜨이지 않았다.

"바아압."

다시 한번 목소리를 높이자 앞발을 쭈우욱 앞으로 뻗고 쑥 머리를 내린 채 꼬리를 들고 한껏 등을 젖힌다.

고양이의 이 '자세'를 정말 좋아한다.

"고대 그리스 시대, 고양이가 몸을 쭉 편 모습을 보고 한 건축가가 힌트를 얻어 만든 것이 미끄럼틀의 기원"이라는 말을 들어도, 거짓말이라는 걸 눈치 못 챌 것 같다. 충분히 그럴 수도 있겠다고 생각할 정도로, 아름답다. 아름다울 뿐만 아니라 어쨌든 개운해 보인다. 꽤나 기분이 좋아 보여서, 나도 네 발로

기는 것처럼 엎드려 따라해보았다.

……뭔가 다르다. 이거, 절대로 고양이처럼 개운하지 않은 것 같다. 고양이와 인간의 신체 구조 차이 때문인지 단순히 몸의 유연성 차이 때문인지 모르겠다. 화가 난다.

"뭐하고 있어?"

마루에서 이상한 포즈를 취하고 있는 나를 내려다보던 아내가 의아하다는 듯 묻는다. 조금 전까지 옆에 있던 고양이는 밥이 있는 부엌으로 가버리고 없다.

"아니, 그냥." 나는 우물우물하고는 그 자리를 떠났다.

고양이는 세상 모든 것이 인간을 섬겨야 한다는 정설을 깨트리고자 세상에 왔다.

-폴 그레이

고양이가 온다
빨리 칭찬해달라는 얼굴로
왠지 불길한 것을 물고서

아직 본가에 살던 30년쯤 전, '미이야'라는 고양이를 키웠다. 미이야는 집 주변을 돌며 하루를 보냈다. 부엌 창을 통해 나가서는 한 시간쯤 있다가 다시 그 창으로 돌아오곤 했다. 미이야가 이상한 소리로 울면서 돌아올 때는 가족 모두 긴장하기 시작한다. 그럴 때마다 반드시 전리품(벌레나 도마뱀, 참새 같은 것들이다)을 물고 있기 때문이다. 심지어 엄청 득의양양하게 마루에 내려놓는다. 나는 고양이의 야성을 미이야를 통해 배웠다.

지금은 고양이를 실내에서만 키워서 그런 일이 생길 여지도 없고, 그래봐야 장난감을 물고 오는 정도다.

그런데 어느 날, 우리 집 고양이가 못 보던 걸 물고 기쁜 듯이 걸어왔다. 순간, 미이야의 기억이 떠올라 움찔했다. ……설마, 살아 있는 거?

쭈볏쭈볏 두려워하며, 물고 있는 것을 확인해보았더니 두부 빈 팩이었다. 그 고양이는 그 뒤로도 가끔 부엌에서 두부 빈 팩을 물고 왔다. 왜 하필 두부 팩만을 '전리품'으로 여겼는지는 모르겠다.

그런 고양이가 대견하면서도 동시에 조금 미안한 마음이 들었다.

'사냥을 못하게 하는 대신 잠자리와 식사는 평생 보증할 테니까' 하는 변명 같은 기분이 들었기 때문이다.

모든 고양이는 자기에게 관심이 집중되는 것을 좋아한다.

- 피터 그레이

고양이마저 나를 질린 얼굴로 보네
벗어던진 양말 앞에서

고양이는 웃는 듯한 표정을 지을 때가 있다. 대부분 잠잘 때 그러곤 해서, 그런 얼굴을 보게 되면 (좋은 꿈을 꾸는 모양이네) 하고 생각한다. 실제로는 웃거나 하지 않지만 그렇게 보이는 거다.

가끔 그런 때가 있다.

예를 들어 고양이는 밥을 잘 먹다가 갑자기, 아직 사료가 남은 그릇 옆을 맹렬하게 앞발로 긁는 시늉을 하곤 한다. '이런 맛대가리 없는 식사에는 질릴 대로 질렸다고!' 하며 저항하는 것처럼 보인다. 실제로는 '이따가 먹어야 하니 숨겨두려'고 사료를 모래로 덮는 시늉을 하는 것 같다. 그런 사실을 알고 있으면서도, 우리 집에서 '빠직빠직'이라고 이름 붙인 그 몸짓을 보면 좀 언짢아진다. (먹기 싫으면 먹지 마라) 하고 생각해버리게 된다.

또 고양이는 어떤 냄새를 처음 맡았을 때, 멍하니 입을 반쯤 벌릴 때가 있다.

플레멘 반응이다. 괜히 냄새를 맡았다 싶으면 갑자기 정색하며 입을 벌리고 잠시 정지 상태가 된다. 고양이가 내 양말 냄새를 맡은 다음에 이런 행동을 하면, 데미지가 엄청나다. 고양이가 '이 냄새 실화냐……'라는 듯 질겁한 표정을 하기 때문이다. 그럴 때면 나야말로 "진짜냐……" 하며 묻고 싶은 심정이 된다.

고양이는 아무런 생각이 없는데, 고양이를 보고 있는 내 마음은 이렇게나 시끄럽다.

고양이를 한 번이라도 키워본 사람이라면, 고양이들이 집사들에 대해 얼마나
참고 견디는지 잘 알고 있을 것이다.

-클리블랜드 아모리

어떻게든 연기와 고양이와 나는 가네
목적도 없이 높은 곳으로

고양이는, 어째서인지 높은 곳을 노린다.

예전에 나무에 오르긴 어찌 올랐는데 내려오지 못하는 고양이를 구해주기도 했다. 다른 고양이에게 쫓기지도 않았는데 왜 거기까지 올라간 걸까…….

진찰받으러 간 병원에서 나라는 존재는 까맣게 잊고 태연하던 고양이가, 진찰실에 걸린 둥근 벽시계를 향해 날아오르려는 듯 점프했을 때는 정말 깜짝 놀랐다. 두께 3센티미터인 시계에 올라탈 수 있다고 생각한 걸까…….

캣타워 꼭대기는 고양이들의 핫플레이스로, 언제나 경쟁이 치열하다. 꼭대기 층에 버젓이 고양이가 있는데도 다른 고양이가 일부러 올라가려 한다. 거기 말고도 있을 곳은 많은데 왜 도전하는 걸까…….

또 고양이라면 한번쯤 방충망에 찰싹 들러붙어 기어오르기도 한다. "그건 꼭 지켜야만 하는 규칙 같은 거냐" 하고 묻고 싶어질 지경이다. 물론 올라간다

한들 거기에 뭐가 있는 것도 아니다. 오르자마자 주르륵 내려오는 게 다. 또다시 방충망은 너덜너덜……. 대체 왜…….

고양이는 높은 곳을 좋아한다기보다 무언가에 조종당하는 것처럼 보인다. 놀고 있으면서, 목적이 있는 것도 아닌데, 스스로도 이유를 모르는 채 고양이는 그저 숙명처럼 그렇게 움직이는 것 같다.

나는 고양이가 정말 높은 곳으로는 그렇게 서둘러 가지 않길 바란다. 더 오래오래 내 곁에 머물러 있어주렴. 그런 마음일 뿐이다.

고양이들은 무척이나 유쾌한 친구들이다. 아무것도 묻지도, 따지지도 않는다.

- 조지 엘리어트

자꾸 말 걸고 싶어지는 고양이의 옆모습
아무리 말을 걸어도 옆모습만 보이네

대체 왜 나는, 고양이에게 말을 걸어버리는 걸까.

고양이는, 사람의 말을 그리 이해하지 않는다고 생각하면서도.

이렇게 생각하는 것과는 별개로, 매일 당연하다는 듯이 고양이에게 말을 걸고 있다. 물론 하루 종일 이야기를 나눌 상대가 고양이밖에 없다는 이유도 있겠지만.

시험 삼아 내가 고양이에게 도대체 어떤 이야기를 하고 있는지, 의식하며 지내보았다.

"물, 갈아줄 테니까 조금만 기다려" "어디 아픈 거 아니지?" "가쓰오부시 쏟은 거 누구야!" "금방 줄 테니까 좀 기다려!" "뭐니, 그 꼴은?" "대단한데!" "더 필요 없어? 이따 더 달라고 해도 없는 거 알지?" "자는 거야?" "또 그런 데 올라간다!" "에고, 귀여워!" "이거 벌써 질린 거야?" "누가 토했어?" 등등.

써놓고 보니 정말 놀라울 정도로 싱겁다. 뭐, 고양이에게 국제 정세에 대해 논하거나 집안의 불화에 대해 털어놓기 시작한다면야 그게 더 심각한 거겠지만. 차라리 별일 아닌 게 낫다.

물론 고양이는, 내가 그럴 때마다 모두 다 귀찮다는 듯 슬쩍 귀나 꼬리를 움직이거나 눈을 치뜨고서 나를 보거나 완전히 무시할 뿐이다.

그래도 좋다. 아니, 어쩌면 오히려 그게 고마워서 다시 말을 걸어버리고 마는지도 모르겠다.

당신이 사랑을 베푼다면 고양이는 친구가 되어줄 것이다. 그러나 고양이는 절
대로 당신의 종이 되지는 않는다.

-고티에

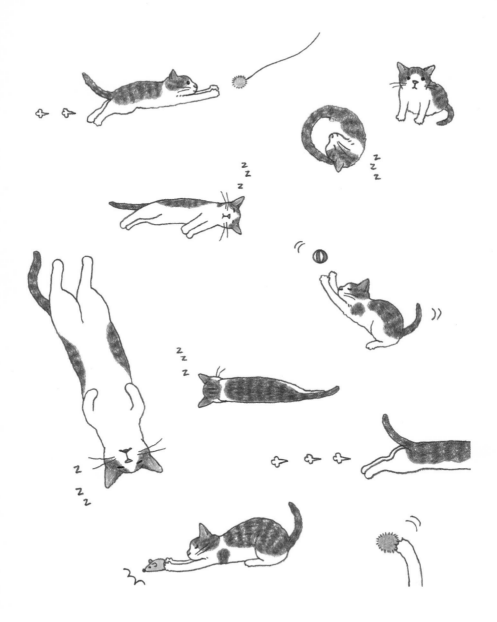

'날뛰거나' '자거나' 둘 중 하나뿐
새끼 고양이는 아직 '가만있기'를 모르네

새끼 고양이를 돌보았다. 두 달 정도 돌보다가, 일전에 입양할 분을 찾아 무사히 보냈다. 오랜만에 새끼 고양이를 돌보다가 문득, 다시 한번 대단하다고 느낀 점이 세 가지 있다.

첫 번째는 '무엇을 하든 전력을 다한다'는 것이다. 달리는 법을 깨친 새끼 고양이는 온 힘을 다해 질주한다. 그리고 '조용하다' 싶으면 자고 있다. '온'과 '오프' 말고는 없는 거다. '스위치가 켜진 것처럼'이라는 비유는 새끼 고양이에게 딱이다 싶다.

두 번째는 '한번 기억한 것은 잊지 않는다'는 것이다. 우리 집에 있는 캣타워는 특정한 기둥에 올라야만 꼭대기까지 갈 수 있는 구조로 되어 있다. 새끼 고양이는 몇 번이고 도전하지만 좀처럼 맨꼭대기까지는 올라가지 못한다. 어느 날, 새끼 고양이는 한순간 오르는 방법을 찾아내서는 같은 방법으로 몇 번이고 몇 번이고 연속으로 오른다. 다만 스스로 내려올 수는 없어서, 그때마다 내가 내려줘야 한다. 이럴 때 보면 고양이는 정말 집요한 동물이다.

세 번째는 '새끼 고양이가 자라면 고양이가 된다'는 점이다. 고양이가 될 때쯤엔 '온' '오프' 말고도 가만있는 법을 깨우친다. 게다가 한번 알게 된 건 잊지 않기 때문에, 가만있기만 하는 게 아니라 더 느긋하게 유유자적하다.

정말, 대단하지 않은가.

새끼 고양이만큼 겁 없는 탐험가는 이 세상에 없다.

- 쥘 상플레리

엘리자베스카라를 겨우 떼고
다 나았는데 더 허전해 보이네

요즘 컵라면만 먹었다.

딱히 게을러져서도, 컵라면을 엄청 좋아해서도 아니다.

얼마 전, 고양이 한 마리가 마당을 헤매다 들어왔다. 그 고양이 얼굴에는 큰 상처가 나 있었다. '어쩌면 살릴 수 있을지도 몰라' 하는 생각에 곧바로 병원에 데려갔다.

얼굴 상처를 뒷발로 긁지 않도록 하기 위해 엘리자베스카라가 필요했다. 요즘이야 여러 종류가 있으니……. 부랴부랴 구입해서 씌워보았다. 음, 밥 먹을 때 조금 힘들 것 같다. 그때 '컵라면 용기로 고양이 넥카라를 만들면 좋다'는 정보를 입수했다. 순식간에 만들어보았다. 가볍고 작아서 밥 먹을 때 편해 보일 뿐만 아니라, 걸음걸이도 더 편해 보인다. 구멍이 나거나 더러워지면 그냥 버릴 수 있다는 점도 좋았다. 정말 좋다, 겉보기에는.

매일 약을 발라주느라 이틀에 한 번은 카라를 교체했다. 다시 말해, 이틀에 한 번은 컵라면을 먹었다는 소리다.

그 효과가 있었는지 고양이의 상처는 충분히 나아져 더는 컵라면 넥카라도 필요없었다. 카라를 뗀 고양이는 어딘지 허전해 보인다. 그만큼 낫는 데 시간이 걸리는 상처였다는 말이다. 나아서 다행이다.

이제 컵라면만 먹은 탓에 볼록 나와버린 내 배가 원래대로 돌아가기만 하면, 완벽하다.

나는 고양이들, 그리고 많은 철학자들에 대해 연구해왔다. 그리고 고양이의 지혜가 훨씬 더 뛰어나다는 사실을 발견했다.

- 이폴리트 텐느

다시 온 걸 축하해
고양이 하품이 최근 잦아졌네
오늘부터 봄

컴퓨터 사진 폴더를 보고 있자면 생각보다 고양이 하품 사진이 더 자주 눈에 띈다.

나이 든 고양이가 많아 전체적으로 움직임이 적은 우리 집에서, '하품'은 절호의 셔터 찬스다. 어머, 이건 꼭 찍어야 해. 아무리 그래도 하품 사진이 너무 많긴 하다.

고양이가 하품을 시작할 때 카메라를 들이대봐야 이미 늦다. 그러니 이따금 사진을 찍는 도중에 하품을 했다는 소리다. 아니 잠깐. 틀린 거 같은데. 가끔이 아니잖아. 고양이가 카메라를 향해 하품을 하고 있는 것이다.

왜?

'카메라에 포즈를 취하려면 이렇게 하는 게 낫겠지?' 하고 헤아려준 건가. 아니, 그렇게 마음 써줄 고양이들이 아니다. 그렇다면 생각없이 하품이 나왔다

는 말이다. 그러니까, 따분한 거다. 고양이는. 나를 상대하는 시간이. 하품 날
만큼.

'(하암) 그런 건 아무래도 좋으니 빨리 밥이나 내와'라는 거냐.

화가 난다.

하지만, 앞으로도 고양이가 하품할 때마다 셔터를 누를 것이다. 그리고 서둘
러 식사를 차려드리겠지. 자칫하다가는 셔터 찬스를 주셔서 성은이 망극하옵
니다, 하고 말해버릴지도 모르겠다.

고양이는 신이 빚어낸 최고의 걸작이다.

- 레오나르도 다 빈치

사랑을 닮아 미적지근 아프네
고양이가 이마를 핥는다는 건

고양이가 때때로 보여주는 애정표현 같은 행동에는, 마음이 덜 컹한다. 목을 가르랑거리거나 무릎에 올라타거나 하면 '혹시 나를 좋아하는 건지도 몰라. 아니야 착각하지 말자', 이렇게 기쁨과 자책 사이를 쉴 새 없이 오가게 된다.

고양이는 무엇을 가르치려는 걸까. 알 듯 말 듯 모르겠다. 잘 모르기 때문에 고양이의 기분을 자의적으로 해석해버리는 건 아닐까 항상 경계하게 된다.

고양이 여러 마리와 살다 보면 몸짓마다 개성이 다양하다는 사실을 알게 된다. 배를 내밀며 애교를 보이는 고양이, 몸 한쪽에 바짝 달라붙는 고양이, 코 나 몸을 비벼대는 고양이……

눈이 마주치면 알겠다는 듯 고개를 끄덕이며 눈을 가늘게 뜨는 고양이가 있다. 처음에는 단순히 그런 버릇이 있나 보다 생각했는데, 애정표현이라는 사실을 안 뒤 한층 사랑스러워졌다. 또, 말을 걸듯이 소리를 내지 않고 가르랑 거리는 고양이도 있다. 흔히 '사일런스 냐옹'이라고 하는 이 몸짓도 애정표현 이라고 한다.

어깨나 얼굴을 핥아주는 고양이가 가장 고민스럽다. 한 가지에 몰두하는 형. 한 곳만 집중해서 계속 핥는다. 할짝할짝할짝할짝할짝…….

아프다. 아파도 이건 사랑이라 여기며, 끝날 때까지 참고 또 참는다.

고양이는 한 사람을 스스로 감당하기 힘들 정도로 사랑한다. 하지만 너무나 지
혜롭기 때문에 그 마음을 완전히 드러내지는 않는다.

- 메리 E. 윌킨스 프리맨

더 사냥할 이유도 없으면서
고양이는 발톱을 갈고
나를 할퀴곤 해

발톱을 갈 때 고양이의 집중력은 최고다.

그렇겠지. 고양이에게 발톱이란 사냥 도구이자, 몸을 지키는 무기다. 발톱 관리는 생사가 걸린 문제인 것이다. 프로 스포츠 선수가 도구를 꼼꼼히 손질하듯이, 고양이도 발톱을 가는 것이다. 발톱을 가는 고양이를 보고 있으면 참 '부지런하구나' 싶다.

그런 고양이가 하루 종일 (문자 그대로) 몰입하는 연구를 수포로 돌리는 사람이 대체 누구냐 하면, 바로 나다. '발톱 깎기'라는 행사 탓이다. 그렇게 고양이가 열심히 갈고 닦은 발톱을? 자른다고? 내가?

……이런 이유로 고양이 발톱 깎기는 까다로워서 소홀하기 쉽다.

곁으로 온 고양이에게 손과 손가락을 놀려 놀아준다. 이제 새끼 고양이가 아닌 고양이가 미안해할 수도 있겠다 싶을 만큼 내 손을 물려준다. 한참 놀다

보면, 그렇게 소홀히 했던 고양이의 스위치가 켜진다. 그리고 내가 게으름부린 탓에 흉기가 된 고양이 발톱이 내 손등에 박히고 만다.

그 아픔은 불쑥, 내가 빼앗아버린 야생 고양이로서의 '아픔'으로 느껴지기도 해서 괜히 미안해지곤 한다.

……그건 그거고, 서로를 위해 고양이 발톱은 부지런히 잘라주자고 몇 번이나 다짐하지만, 오늘도 내 손은 긁힌 상처투성이.

고양이들은 나가면 들어오고 싶어 하고 들어오면 나가고 싶어 한다.

- 릴리언 잭슨 브라운

속사정이야 어떻든
창가에 고양이가 있는 우리 집은
행복해 보여

　　정기적으로 진료를 받아야 하는 고양이가 있어서 2주에 한 번 정도 동물병원에 간다. 병원에는 아내가 운전하는 차를 타고 가는 경우가 많다. 나는 조수석 전문이다.

병원으로 가는 도중에 고양이를 키우는 몇 집을 스친다. 고양이는 창가를 좋아하니까, 병원에 갈 때는 창 너머에 앉은 고양이를 꽤 자주 목격할 수 있다. 왠지 기쁘다.

지나가는 아주 잠깐 사이, 나는 흥분한 채로 아내에게 보고한다. '있다 있어! 오늘은 엄청난 갈색 얼룩이야!' '두 마리야!' '오늘은 아무도 없네……' 등등. 병원으로 향하는 고양이는 캐리어백 안에서 불만 가득한 소리로 울고 있다. 차 안의 풍경은 언제나 이런 식이다.

창가에 고양이가 보이면 좋다. 밖에서 창가의 고양이를 보면 왜 그렇게 좋을까. 먼저 털에 윤기가 좌르르 흐르고 건강해 보이는 고양이가 많아서 좋다. '충분히 사랑받고 있나 보다'라고 상상할 수 있어 절로 미소가 떠오른다. 집에서 고양이가 편히 쉬는 것 같아 보이기도 해서 좋다.

무엇보다 그 집주인에게 동지 의식이 솟는다. 우리 집 고양이들이 일으키는 각종 사건사고를 저 집주인도 매일 겪겠지…… 언젠가 꼭 함께 술이라도 한잔하고 싶다.

마음이 무거워지기 쉬운 병원 가는 길이, 그렇게 나쁘지만도 않다.

고양이가 있는 집에는 특별한 장식물이 필요 없다.

-웨슬리 베이츠

흔들면 얻는 것이 있을 때
살랑살랑
고양이 꼬리는 흔들리는 법

어떤 때 떨리는 걸까. 추워서 떨어본 적은 있다. 무서워서 떨어본 적은…… 없는 것 같다. 기쁨에 겨워 떨어본 경험도 없다. 물론 누군가와 만나고 싶어서 떨어본 적도 없다. 사람은 의외로 떨지 않는다.

고양이는 자주 떠는 것처럼 보인다. 병원 진료실에서 몸에 손을 얹어보면 떨고 있다. 불쌍하게스리. 목을 가르랑거릴 때도 분명 어딘가가 떨리는 거겠지. 나는 고양이가 기뻐할 때, 꼬리를 세우고 미세하게 떨고 있는 모습을 정말 좋아한다.

이 '꼬리 살랑살랑'에 나는 왜 이렇게 끌리는 걸까.

고양이가 꼬리를 흔들어댈 때는 '지금 정말 행복하구나'라는 뜻이라기보다 '이제 곧 좋은 일이 생길 것 같다'인 경우가 많은 것 같다. 거기에서 밝은 앞날을 믿는 순수함과 강인함이 느껴져 기분이 좋다.

"이 인간이 나타난 걸 보니 이제 곧 밥이 나오겠구만(흔들흔들)."

"여기에 앉은 걸 보니 이제부터 나를 쓰다듬어주겠구만(흔들흔들)."

그러니까, 내가 흔들리는 꼬리를 목격할 땐 분명 고양이가 기대할 만한 일이 있다는 거다. 나는 그 기대를 저버릴 만큼 성숙하지 못하다. 그 결과, 또다시 한참 이른 시간부터 밥을 조공해버리고, 조금 쉬려고 잠깐 의자에 앉아놓곤 한참 고양이를 쓰담쓰담하는 지경에 이르고야 마는 것이다.

고양이는 어떻게 하면 노력 없이 음식을 얻을 수 있는지, 어떻게 하면 편안한 보금자리를 얻을 수 있는지, 어떻게 하면 대가 없이 사랑받을 수 있는지 너무 잘 알고 있다.

-W. L. 조지

보호해야 할 고양이가 눈에 띄네
냐옹아, 내 표정이 곤혹스러워 보이니!

작년 가을, 우리 집 마당에 새끼 고양이가 찾아들었다. 보호한 지 약 두 달 뒤, 무사히 입양처를 찾았고 지금은 입양 간 집에서 사랑받으며 지내고 있다. 잘됐다. 그 집에 새끼 고양이를 보냈을 때 환영하는 모습이 눈부셔서 왠지 부러웠다.

깨달았던 것이다. 나는 온전히 기쁨만으로 고양이를 받아들였던 적이 한 번도 없었다. 고양이들을 대부분, 무심코 마주쳤는데 그냥 내버려두지 못해 부득이 보호하게 된 것이다. 예정도 없었을 뿐 아니라 준비도, 각오도 없었다. 매번 기쁘기보다 불안한 때가 더 많았다.

보호한 뒤로도 바이러스 검사나 혈액검사 결과가 나올 때까지는 안절부절못했다. 건강한 상태라면 새로운 입양처를 찾으면 되지만, 그것도 금방 결정된다고 할 수 없고 상당히 힘들어서 마음을 졸인다. 건강상 이유로 또는 다른 이유로 우리 집 구성원이 된다고 해도, 선배 고양이들과 잘 지낼 수 있을지도 정말 운에 맡겨야 하고, 그러지 못하게 될 경우에 대한 생각만 해도 머리가 아프다.

……그래도, 내가 이렇게 불안한 표정을 하고 맞아들일 때 그 고양이는 더욱 불안했을 거다. 그러니까 다음번에 고양이를 보호하게 된다면, 모든 걸 감내하고 얼굴에 함박웃음을 지으며 "반가워!" 하고 맞아줘야지.

고양이 두 마리를 키우는 비용은 한 마리를 키우는 비용과 크게 다르지 않다.
그러나 기쁨은 두 배가 된다.

- 로이드 알렉산더

고양이는 늘 내 베개 한가운데서
만족스러운 듯 몸을 말고 있네

내 이불에는 항상 베개 두 개가 나란히 놓여 있다.

물론 사랑하는 아내와 한시도 떨어지지 않고 잠들기 위해서, 는 아니다. 그렇다. 고양이용이다.

내가 잘 준비를 시작하면, 그때까지 제 잠자리에 있던 고양이가 어슬렁어슬렁 나타난다. (기다리다 지쳤다 집사야)라고 하려는 듯 천천히 기지개를 켠다. (너야말로 지금껏 자고 있었으면서)라고 생각하며 이불에 들어가려고 하면, 나란히 놓인 두 베개 가운데 내 베개 한가운데서 둥글게 몸을 말고 있다. 언제나. 반드시. 확실히 내 베개가 조금 더 높아서 자기한테야 좋겠지만. 고양이를 안아서 다른 베개로 옮기고 나면 왠지 모르게 미안한 기분이 들어 목이나 등을 만져주곤 한다. 그것까지가 매일 밤마다 치르는 일이다.

(똑같은 베개를 하나 더 사면 어때?)라고 생각할 수 있다. 나도 같은 생각이다. 하

지만 그랬을 경우 어떤 상황이 펼쳐질지, 쉽게 상상할 수 있다. 같은 베개를 나란히 놓고 고양이가 올라가 자고 있지 않은 쪽 베개에(됐다, 됐어) 머리를 대는 나. 조금 뒤 죽죽 얼굴을 들이밀거나 엉덩이를 내 쪽으로 돌리면서 점점 폭을 넓히다가 결국 내 베개를 차지해버리는 고양이.

핵심은 그렇다. 더 안락한 잠자리와는 관계없이, 내 베개를 빼앗고 싶을 뿐인 거다. 확실한 증거가 있다. 아침에 눈을 떠보면, 나는 베개를 베고 있는 적이 없었으니까.

고양이는 우리가 침대에 자는 것을 기꺼이 허락해준다. 침대 모서리에서.

- 제니 드 브라이즈

"생선이 좋니 닭고기가 좋니?"
고양이에게 물어볼 수 있다면!
그릇에 남긴 사료만 바라보네

고양이를 여럿 키우다 보면 알게 되는데, 고양이마다 사료 취향은 정말 제각각이다. 서로 다른 고양이 취향을 파악하면서 가능한 한 거기에 맞춰 밥상을 차려내는 것도 내 중요한 임무다.

'이 녀석은 촉촉한 것보다 바삭바삭한 걸 좋아하지' '이 고양이는 젤리 타입보다는 수프 같은 걸 좋아했지' '요 녀석은 닭고기는 좋아하는데 연어는 싫어해' '얘는 가쓰오를 좋아하지' ……나는 가리는 것 없이 뭐든 먹는데, 이 고양이들은 말하자면 이렇다.

그 가운데 맛 취향을 조금 알기 어려운 데다 입도 짧아 고민인 고양이가 있다. 어느 날, 그 녀석에게 평소라면 사지 않는 사료를 시험 삼아 주었더니 놀라울 만큼 와구와구 잘 먹었다. '오, 그거란 말이지. 그동안 몰라줘서 미안해'라는 기분이 들 정도였다.

다음 날, 그 고양이에게는 당연히 같은 사료로 정성껏 밥을 차려주었다. 아무렴, 그렇고 말고.

그런데, 음…… 아…… 냄새도 맡지 않고, 음식이라고 인식조차 하지 않는 듯한 저 행동거지라니! 완전 무시 그 자체다. '아, 지금 내 상태가 바로 어이 상실해 할 말을 잃었다는 그건가' 싶었다.

고양이 취향은 알 수 없다. 괜히 무리해서 알려 하지 말지어다.

고양이는 까다롭지 않다. 그냥 장미무늬 접시에 신선한 우유를 부어주고 파란 접시에 맛있는 생선을 주면 된다. 그러면 고양이는 음식을 물고 바닥에서 먹겠지만.

- 아더 브리지스 이솝

비오는 날 고양이를 보면 흐늘흐늘
비오는 날 휴일은 참 바람직하네

오늘은 아침부터 비가 내렸다. 추적추적 많이 내린다. '비 오는 날에는 기운이 나지 않는다'는 사실을 최근에야 깨달았다. 지금까지는 비와 내 컨디션 난조가 어떤 관련이 있다는 걸 전혀 눈치채지 못했다. 그 관련성에 대해 깨닫고 난 뒤로는 날씨나 기압 변화를 알려주는 앱을 확인하면서, 컨디션이 나빠질 때마다 날씨 탓으로 돌리고 있다. 참 바람직한 하루하루.

비 오는 날의 고양이는, 압도적인 나른함이라고나 할까. 평소에도 잠만 자는 고양이들이지만, 비 오는 날은 '거기에서 심지어 레벨업 된 건가!' 하고 놀랄 만큼 '아무것도 안 할래'라는 기운을 내뿜는다. 고양이를 두고 도도하다고 하는 경우가 많지만, 뭐랄까, 제 기분에 맞게 행동하는 거니 나름 떳떳하겠지.

비 오는 날의 고양이를 보고 있다가, 그러고 보니, 나도 비 오는 날에 더 나른해지는 것 같다는 사실을 깨달았다. 의외로 스스로에 대해서는 잘 알기 힘든 법이다.

어떤 남쪽 섬나라 대왕은 비 오는 날이면 학교를 쉬게 한다는 가사의 동요가 있다. 지금 창가에서 멍하니 있는 고양이들과 내 상태를 미루어볼 때, 비 오는 날 쉬게 하는 건 정말 합리적이라는 생각이 든다.

생각은 그렇지만, 고양이만큼 미련 없는 성격이 못돼 이 원고를 쓰고 있다.

뭐, 어쩌다 보니 어쨌든 다 썼네.

고양이는 우리에게 세상 모든 일에 목적이 있지는 않다는 사실을 가르쳐준다.

-개리슨 케일러

우리 집에서 관찰해보니
고양이는 고타쓰*에서 몸을 둥글게 못해

슬슬 고타쓰의 계절이 온다.

매년, 우리 집 고타쓰를 꺼내놓고 나면 아침 8시에 고타쓰 내부 상황을 사진이나 영상으로 찍어 트위터에 올린다. 벌써 여섯 시즌이나 반복하고 있다. 나로서도 이해하기 힘든 지속력. 하지만 지난 시즌 무렵부터 나 말고도 집 고타쓰에서 뒹굴거리는 고양이 모습을 올려주는 분이 늘어나서, 꽤나 즐겁다. (덧붙이자면 해시태그는 '#고양이타쓰'. 여러분, 어서어서 참가해주세요!)

그리고 역시나 매일 아침 보면서 깨달은 점이 있다. 고양이는 고타쓰 안에서 몸을 말고 있을 수 없다. 고타쓰 안에서 고양이는 엄청 길쭉해진다.

그래서 계속 '그 동요** 작사가는 고양이를 키우지도 않으면서 상상만으로 가사를 썼구나' 싶었는데…… 내가 틀렸다.

당시 고타쓰는 화로 주변에 목제 틀을 세우고 그 위에 이불을 덮는 방식으로,

상판이 없었던 듯하다. 고양이는 그 고타쓰 '안'이 아니라 '위'에서 몸을 둥글게 말아 몸을 따뜻하게 하고 있었다는 것이다. 충격적이다.

작사가(미상인 듯) 분을 심하게 의심해서 정말 죄송할 따름이다. 100년도 더 전에 살았던 사람들도 고타쓰 위에서 몸을 말고 있는 고양이를 귀여워했다니, 흐뭇하기도 했지만.

* 일본의 난방기구로, 나무로 만든 테이블 아래 화덕이나 난로를 두고 이불이
  나 담요 등을 덮은 것이다.
** 1911년에 발표된 동요 〈눈雪〉에는 "개는 기뻐서 마당을 뛰어다니고 고양이
   는 고타쓰에서 몸을 둥글게 말고 있지"라는 가사가 나온다.

고양이가 이름을 알아듣는다면
왜 이렇게 반응이 없는지 궁금하네

예전에 이런 시구를 지었더랬다.

이름을 부르면 꼬리로 대답하는 고양이가 있다
아내를 불러도 똑같이 대답해버리지만
名を呼ぶと尻尾で答える
猫がいる妻を呼んでも答えちゃうけど

한마디로 난 '고양이는 자기 이름 같은 건 모르는구나' 하고 생각했다. 꼬리로
반응해주는 고양이는 그나마 낫고, 이름을 불러도 아무 반응 없는 고양이가
대부분인 듯하다.
어느 날, 고양이가 자기 이름을 알아듣는다는 논문이 발표된 사실을 알고 깜

짝 놀랐다. 그럴 리 없다. 예전에, 이 책에 일러스트를 그려준 고이즈미 씨에게 이 이야기를 전했더니 "아, 그 뉴스, 저도 어디선가 읽었어요. 그야 그렇겠죠. 당연한걸요"라는, 나와는 정반대인 반응을 보여서 다시 한 번 놀라고 말았다.

한번 생각해보라. 지금까지 고양이 몇 마리를 만나, 수만 번은 이름을 불렀을 거다. 고양이가 정말로 자기 이름을 알아듣는다면, 이름을 부르는 나를 보고서, '아, 이 사람이 나를 부르는구나……' 하고 알면서도, 감히, 대체 그 무시는 뭐고, 저 완벽한 무반응이 말이 되냐 말이다. 진짜.

하지만 한편, 이름을 알아듣는다고 해서 하나하나 반응해도 좀 곤란하다. 반응이 시원찮아야 나는 또 볼일도 없이 고양이를 맘껏 부를 수 있으니까.

개는 부르면 바로 달려온다. 고양이는 부르면 알아들었으면서도 나중에 오고
싶을 때 걸어온다.

- 메리 블라이

달라지는 눈동자 색은 열중한다는 의미
새끼 고양이는 그렇게 고양이가 되어가네

       고양이는 커가면서 눈동자 색이 변한다. 새끼 고양이일 때는 모두 회색이 섞인 파란 눈동자를 하고 있다. 파랗고 맑아서, 조금 무섭다. 이 눈동자 색을 '키톤블루'라고 한다. 이 키톤블루에서 점점 청색이나 갈색이 섞인 듯한, 표현하기조차 힘든 깊디깊은 색을 거쳐 본래 눈 색깔로 옮겨간다. 다른 고양이 눈동자도 갈색이나 녹색, 파란색 등 다양해서 그 변화가 무척 신비롭다. 머지않아 잃게 되고 두 번 다시 손에 넣을 수 없는 것. 그것이 키톤블루이다……라고 하면 뭔가 좀 거창하지만, 허무하면서도 멋스러운 구석이 있어, 괜찮다.

키톤블루에 대해 찾아보니 홍채가 어쩌고, 멜라닌 색소가 저쩌고, 레일리 산란이…… 왠지 어려운 용어가 잔뜩 나와 조금 움츠러들었다. '아, 학교에서나 배웠을 법한 용어들이잖아……'라는 생각에 씁쓸해질 때쯤, 흥미로운 글을 발견했다. '새끼 고양이의 눈이 파란 것은 파란 색소가 있어서가 아니라 하늘과 바다색이 파란 것과 같은 이유다'라니. 뭐야, 너무 멋지잖아.

> 키톤블루 새끼 고양이의 푸른 눈과
> 하늘과 바다의 푸름은 같은 푸르름
> キトンブルー・子猫の青い目と
> 空や海の青さはおなじ青さだ

너무 멋져서 시로 써버리고 말았다. 이 시를 이번 원고 제목으로 할걸.

이 세상에서 완벽한 미학을 두 개만 꼽으라면, 시계 그리고 고양이.

- 에밀 샤르티에

고양이가 있다네

좋은 사람 행세를 하려던 건 아니지만, 어쨌든 뭐, 지금부터 고양이 이야기를 시작합니다.

버려진 고양이가 울고 있었네 우는 것조차 할 수 없게 된 고양이 옆

못 본 척했다가는 죽을지도 모르는 고양이가 아니었다면 안 봤을까

고양이가 늘어날수록 탈취 용품도 늘어나 평범한 냄새가 기억나지 않네

새로운 집사를 찾을 예정인 고양이 이름은 '1' 애착이 생기지 않도록

중성화수술한 뒤 갇혀 있는 고양이들에게 오히려 치유나 받고 정말 미안해

창끝에 고양이 다섯 마리가 나란히 가늘어서 보이지도 않네

툇마루에 고양이가 자고 있는 집에 있으니 더할 나위 없이 평화롭다네

1층으로 내려가지 않겠다는 고양이가 있어 오늘은 땡땡이로구나 싶은 생각이 드네

배고프네 고양이 사료뿐이지만 고양이 사료라면 있지 배고프네

청소기를 싫어하는 고양이 때문이라고 둘러대고 낮잠 자고픈 청소 당번

뭐든지 꿰뚫는 듯한 눈으로 나를 보는 고양이 앞에서는 잘 웃을 수 있네

이름을 부르면 꼬리로 대답하는 고양이가 있네 아내를 불러도 똑같이 대답해버리지만

한껏 달아올랐을 때도 침대에서 고양이가 자고 있으면 사그라들지

오른쪽에 아내 왼쪽에 벽 가슴 위에 고양이 머리맡에 고양이 맨살에 고양이

막 심어놓은 대파를 가지고 놀고 있네 그러고 보니 고양이라는 글자는 '개사슴록 변'에 '모종苗'

저 담에 항상 오던 고양이가 오지 않게 되니 오늘도 언제나처럼 담만 있네

길고양인데도 붙임성이 좋네 분명 과거에는 이름으로 불렸을 고양이

더는 고양이가 살지 않는 본가 부엌 고양이 그릇에 남은 파사사삭

무뚝뚝한 장인어른의 경차 보닛 위에는 고양이 발자국이

'안 줄 거야'라는 얼굴로 돌아보는 길고양이 입에는 둥근 어묵 한 조각

고양이가 아니라는 게 확인되자마자 또 차에 치이는 도로의 목장갑

식탁 위까지 더 뛰어오르지 못하고 올려다보는 고양이와 먹는 말린 생선

아름다운 고양이 등을 쓰다듬는 내 새우등은 아름답지 않네

내가 쓰다듬는 고양이보다 쓰다듬고 있는 내 목에서 가르랑 소리가 날 듯

가슴을 누르는 자세로 잠드네 어미 젖을 물어본 적 없는 고양이

고양이가 잠들기 가장 좋은 곳이 아내의 무릎이라는 걸 인정하지 않을래

눈도 뜨지 못한 고양이가 서글픔을 등으로 이야기할 때까지의 시간

'이 집은 어때?'라고 고양이에게 물어보네 아무 대답도 하지 않는 게 좋지

집에 올 때마다 '누구신지요?'라고 묻듯이 냄새를 맡으러 오는 고양이와 십 년 동안 살고 있습니다.

고양이 나름대로 의무나 책임인 걸까
펼쳐진 신문지 위에서 잠드는 고양이

아침 신문을 펼친다. 잠깐 눈을 돌리면, 방금 펼쳐놓은 신문 위에서 고양이가 뒹굴고 있다. 언제나 그렇다.

고양이는 딱히 그만 읽게 하려거나 장난치려는 마음에 그러는 건 아니다. 귀찮다는 듯 다가와서는 어쩔 수 없이 드러눕는 것처럼 보인다.

그래서, 싫으세요?

⋯⋯라기보다는, 나도 '네, 그런가요?' 하고 물러설 수만은 없는 노릇.

드러누운 부분은 일단 포기하고 고양이에게 덮어주듯이 다음 장으로 넘긴다. 네, 고양이 샌드위치 나왔습니다. 그대로 읽어나간다. 나나 고양이에게나 그리 달갑지 않은 상태로, 인내력 싸움만 계속될 뿐이다. 결국 단념한 내가, 고양이 샌드위치를 남겨둔 채 그 자리를 늘 먼저 뜨곤 한다.

이럴 때 양보하는 것이야말로 어른다운 자세이며, 고양이에게 그런 어른스러

움을 요구하는 건 어른스럽지 못하다는 것쯤은 나도 안다. 아마 고양이 역시 (때로는 마지못해 하는 것이겠지만) 고양이 나름의 역할에 대해 고양이 나름대로 해내고 있을 뿐이다.

덕분에 우리 집은 잘 돌아가고 있으니까, 나쁘지 않다. 신문 따위 읽지 못하는 것쯤이야 뭐 어때.

조금 뒤 돌아와 보니 고양이는 아직 신문에 말려 있는 그대로다. 들여다보니 행복한 듯 새근거리며 자고 있다.

그래, 전혀 나쁘지 않아. 아무렴.

고양이가 사람과 친구가 되어주는 이유는, 그래야 해서가 아니라 그러고 싶어
서일 뿐이다.

-칼 뱅 베흐텐

집에 들인 새끼 고양이에게
우리 집이 생각나지 않는 미래를 바라네

우리 집에서 처음으로 고양이 수가 줄었다. ……이 말이 슬픈 게 아니라 오히려 기쁜 이유는, 새로운 입양처를 찾던 새끼 고양이 두 마리를 키우겠다는 분이 나타났기 때문이다.

몇 가지 절차를 밟아, 그분 댁으로 고양이를 보냈다. 그날 밤부터 침대가 무척이나 넓어졌다.

어제까지 있던 고양이 자리
뒤척거리느라 잠을 설치네
きのうまでいた猫のぶん
寝返りが打ててしまって眠りが浅い

두 마리는 거의 같은 시기에 들어왔다. 한 마리는 근처 편의점 옆에, 다른 한 마리는 쓰레기장에 버려져 있었다. 우리 집에는 이미 고양이가 열 마리나 살고 있었기에, 처음부터 입양 보낼 생각이었다.

> 이별을 정해둔 고양이 때문데
> 울 의미도, 울 필요도 없네
> こちらから決めてお別れする猫で
> 泣く意味がなく泣くわけがない

서로 사이가 좋고, 우리 집 고양이들과 잘 지냈다. 둘이서 장난만 치고 놀았다.

> 만족스러운 표정의 새끼 고양이와
> 식어버린 도시락에서 사라진 닭튀김
> 満たされた顔の子猫と
> 冷ましてたお弁当から消えた唐揚げ

입양 희망자가 반년이 지나도 나타나지 않자, 역시 우리 집에서 키워야 하나 보다 싶었다. 그러던 중에 두 마리를 동시에 데려가겠다는 사람이 나타났다. 물론, 기쁘다고 해서 서운하지 않은 것은 아니다.

부엌에서 소리가 나도 신경 쓰이지 않네
이제 장난칠 고양이도 없으니
キッチンで物音がしても気にしない
もう悪さする猫はいないし

두 녀석이, 우리 집에서 보낸 시간이 기억나지 않을 만큼만 행복해진다면 좋겠다.

한 마리의 고양이는 또 다른 고양이를 데려오고 싶게 만든다.

- 어니스트 헤밍웨이

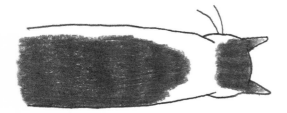

길고양이 시절에는 할 수 없던 얼굴로 자네 마음 놓은 빈틈투성이 고양이라니

우리 집 고양이들은 전부 길고양이였다.

손 내밀지 않으면 며칠 내로 죽을 수 있는 생명들이기에, 보호할 때는 선택이고 뭐고 없다. 보호하고 나서 시간이 조금 지나면 고양이의 얼굴은 극적으로 바뀐다. 치켜뜬 눈매가 마치 전혀 다른 고양이인 양 순해진다.

길고양이 생활이 힘들었다는 증거다. 그리고 우리 집에서 퍽 안심하며 살고 있다는 증거이기도 하다. 그래서 조금 기쁘다.

하지만 말이다.

순해진 얼굴이란 이제 더는 집 밖에서 살 수 없는 고양이가 되어버렸다는 뜻이기도 하다. 그렇게 만든 건 누구도 아닌 나다. 선택의 여지는 없었지만, 그래도 미안한 마음이 든다. 내가 고양이에게 준 것보다, 내가 고양이에게 빼앗아버린 것이나 받은 게 더 많은 것 같다. 그러니까 적어도 우리 집에서는 빈

틈투성이로, 마음을 다 내려놓고서 멍청한 얼굴로 잠들었으면 해. 그래, 바로 앞 장의 일러스트처럼 말이야.

※ 개인적인 사정이라 죄송합니다만, 일 때문에 잠시 집을 떠나 있습니다. 떠나기 전에는 '7년 만에 혼자 사는 건가……' 하고 아주 조금 들뜨기도 했습니다. 하지만 실제로 떨어져보니, 이렇게나 고양이 냄새가 그리워지다니. 저도 의외입니다만, 우리 고양이들 보고 싶네.

인간의 권리만큼 동물의 권리도 소중하다. 모든 인류가 나아가야 할 길이다. 개와 고양이를 제대로 대우하지 않는 종교라면 의미가 없다.

- 에이브러햄 링컨

가르랑대는 악기를 쓰다듬네
일류 쓰담니스트가 되는 봄밤

　　　이 세상에서 가장 좋아하는 소리는 고양이가 가르랑대는 소리다. '가르랑'이라기보다는 저도 모르는 사이에 '가르랑대고 마는' 그 느낌을 더 좋아하는지도 모르겠다.

뭐지, 이 멍청한 말은.

쓰다듬으면 반사작용처럼 가르랑대는 고양이가 있는가 하면, 전혀 울지 않는 고양이도 있는데, 그게 참 얄밉다. 게다가 기분 좋게 가르랑대길래 신이 나서 쓰다듬다가 갑자기 발톱에 긁히곤 한다.

뭐야, 이 버르장버리는!

다루기 힘들어도 아주 행복한 소리를 연주하는 악기 같다. 그러고 보니 고양이 등은 쓰다듬으라고 만들어진 듯한 곡선으로, 역시 악기처럼 아름답다.

피아노 연주자를 '피아니스트'라고 하듯이, 고양이를 쓰다듬는 사람은 '고양이 쓰담니스트'라 불릴 만하다. 물론 그렇게 불리지 않아도 상관없다. 그저 전 세계 고양이와 고양이 쓰담니스트가 행복한 세상이 되길, 세상이 골골골골 하는 우렁찬 소리에 둘러싸이길!

※ 개인적인 사정이라 죄송합니다만, 여전히 출장 중입니다. 고양이와 함께 하는 삶이 얼마나 멋진 것인지, 고양이가 없는 생활에서 뼈저리게 느끼고 있습니다. 고양이 쓰담니스트로서 확실히 연습 부족입니다. 고양이와 뒹굴거리면서 연습하고 싶네.

태초에 신은 인간을 창조했으나, 인간이 너무나 나약해 보여 고양이를 주었다.

- 워런 에크테인

페트병에 반사된 빛을 따라
재롱부리는 새끼 고양이 두 마리

일 때문에 집을 떠난 지 일 년이 지났다. 견디기가 힘들다. '고양이에 둘러싸여 살던 사람이 고양이 없는 생활을 계속하면 어떻게 될까'라는 주제로 실험하고 있다고 생각하기로 했다.

실험을 시작한 뒤, 검은 옷을 즐겨 입었다. 고양이털이 눈에 띄는 집에서는 거의 입지 않았던 데 대한 일종의 반작용이었는지도 모른다. 하지만 지금 검은 옷을 즐겨 입는 이유는 이따금 고양이 털을 발견하면 '아, 이건 그 녀석이구나……' 하고 떠올리기 위해서다.

실험을 시작하면서, 나는 동경해 마지않던 '침대에서 뒹굴뒹굴'을 손에 넣었다. 혼자 사는 집에서 침대를 쓰는 건 나 하나이니 당연히 넓을 수밖에. 하지만 지금은 너무 넓어서 오히려 잠을 설친다. 고양이가 득시글한 좁은 침대가 그립다.

실험을 시작하고 난 뒤, 고양이로부터 조금 해방된 기분이었다. 내가 내는 소리만 들리는 방은 무척 조용해서 신선하기까지 했다. 하지만 지금은, 손톱 가는 소리도, 바삭바삭 씹는 소리도 들리지 않는 이 방이 무척 괴롭다. 방에서 도망치듯 산책을 나가면 나도 모르게 고양이의 흔적을 찾고 있다. 골목길이 보이면 기웃거린다. 쓰레기장이 보이면 쳐다보게 된다. 고양이를 막으려고 세워둔 페트병이 보이면 그 주위를 두리번거린다. 그러다 고양이를 마주친다면, 럭키데이!

……오늘의 교훈. 이 실험, 언제 끝납니까?

인생에 고양이를 더하면 삶은 무한해진다.

- 라이너 마리아 릴케

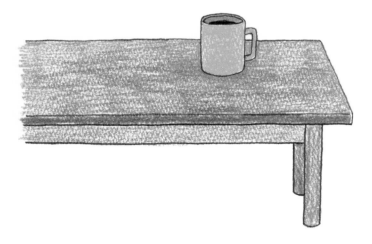

무거워서 괴로운 행복
무릎에서 잠든 고양이를 깨우지 않고
홀짝이는 커피

소파에 앉으면 마치 기다렸다는 듯, 무릎 위로 고양이가 올라온다. 기분 좋은 듯 목을 가르랑대다가 곧 잠들어버린다. 우리 집 고양이들은 모두 묵직하다. 아, 그렇다. 그러고 보니 내 일상은 이런 느낌이었지.

일 년 반가량 출장을 마치고 집으로 돌아온 지 한 달이 지났다. 고양이들도 차차 '이 녀석(나 말이다), 이젠 아무래도 계속 집에 있을 모양이군' 할 정도로 익숙해졌다. 나 역시 '참 금방 잘도 잊어버리네'라는 아내의 핀잔에 우리 집 규칙을 겨우 떠올리며 지내는 중이다. 규칙이라면, 우리 집에는 '고양이가 무릎에서 잘 때는 움직이지 말라'는 불문율도 있다. 적어도 우리는, 그렇게 기분 좋은 잠을 방해하면 안 된다고 생각한다. 예를 들어 아내가 '커피 마시고 싶다'라고 할 때 고양이가 무릎에 있다면, 반드시 내가 커피를 타야 한다. 물론 그 반대인 경우도 마찬가지다.

행복은 무게다. 일 년 반의 자취를 거쳐 실감하고 깨달았다. 지금 내가 번거롭다고 느끼는 무게도, 언젠가는 사랑스럽다는 것을 알게 될 것이다. 무게란 그런 것이다.

무릎에서 잠든 고양이의 무게는 틀림없이 행복의 무게와 같으리라. 아내가 타주는 커피를 마시는 특권을 포함해서.

만약 개가 당신 무릎 위로 올라갔다면 당신을 좋아하기 때문이다. 하지만 고양이가 같은 행동을 한다면 그저 당신 무릎이 다른 곳보다 더 따뜻하기 때문이다.

- A. N. 화이트헤드

고양이털에 재채기가 나는 바람에
도망가는 고양이털이 흩날리는 바람에

출장을 가면 길게는 한 달 이상, 짧게는 닷새 동안이나 집에 오지 못했다.

오랜만에 돌아오면 집에서 독특한 냄새가 나는데, '아, 우리 집이다'라는 기분이 들게 하는 냄새다. 최대한 긍정적으로 써보았지만, 결국, 우리 집에서 동물 냄새가 난다는 말이다.

'아, (동물 냄새 나는) 우리 집이다' 하며 잠시 쉬다 보면 어쩐 일인지 꼭 재채기가 나고 눈물 콧물범벅이 된다. 그 유명한 '고양이 알레르기'라는 것인가! 전에 아토피를 앓았기 때문에 그런 경향이 없는 건 아니겠지만, 매일 집에 있을 때는 몰랐다.

증상 자체는 경미해서 전혀 대수롭지 않다. 문제는 재채기 때문에 고미(고양이 이름)가 나를 피한다는 것(고미는 재채기를 가장 싫어한다).

이건 심각한 문제다. 내 재채기는 연발형이니까. 첫 번째 기침에, 둥글게 몸을 만 채 자던 고미가 고개를 들고 벌떡 일어난다. 두 번째에는, 엄청나게 비난하는 느낌으로 '야야야야야' 하고 운다. 세 번째에는 침실 침대 밑으로 숨어들어가 좀처럼 나오지 않게 된다.

분명 고미는 '뭐냐 그 이상한 소리는? 싫다 싫어!'라고 생각하고 있겠지.

아닌데. 게다가 이 재채기를 하게 된 원인에는 분명히 고미 네 녀석 영향도 없지 않은데.

'으앙으앙' 울고 싶은 건 오히려 나란 말이다!

개는 스스로를 사람인 줄 안다. 고양이는 스스로를 신이라 여긴다.

- 미국 속담

밀키, 어미 젖도 먹어보지 못한 채
울고 있던 고양이에게 지어준 이름

밀키는 버려져 있었다. 이렇게 쓰면 하얗고 달콤한 사탕인가 싶겠지만, 그렇지 않다. '밀키'는 결혼 전부터 아내가 키우던, 우리 집 최고참 고양이의 이름이다. 유일하게, 내가 모르는 곳에서 이름 붙여진 고양이 밀키. 왠지 오글거린다……. 이름 붙인 건 젊은 시절의 아내이니까, 이해해주시길. (누구한테 하는 소리?)

이미 나이 든 고양이인데 어떤 고양이보다도 화려한 이름, 밀키. 불쌍해……. 이름 붙인 건 철없는 시절의 아내이니까, 이해해주시길. (그러면서 또 두 번이나 강조하냐!)

밀키는 14년 전, 태어난 지 며칠 만에 아내에게 구조됐다. 어쩌다가 거기 있었는지는 뚜렷하지 않다. 다만, 발견될 때 상자에 담겨 있었다니, 사람이 버린 것만은 확실하다.

비유가 아니라, 문자 그대로의 의미로 '버려진다'는 건 어떤 기분일까. 같은 인간으로서 참을 수가 없다. 아내는 그런 새끼 고양이를 가엾게 여겨, 좋게 말하자면 '가능한 부족함 없이' 길렀다. 밀키가 지닌 고상함, 이기심, 끈질긴 면은 삼색묘의 전형 같지만, 과연 털색 때문일까 하고 생각한다.

밀키 눈에는 아내가 머슴으로 보이는 게 분명하다. 게다가 나는 아마, 눈에 들지도 않겠지.

뭐, 건강하게 장수해주기만 한다면, 나 같은 건 안중에 없어도 상관없다.

지상에서 고양이를 어떻게 대하느냐에 따라 천국에서 당신의 위치가 달라질 것
이다.

- 로버트 하인라인

입꼬리를 올리는 연습이 필요해
새 집사에게 고양이를 맡기러 가는 조수석에서

작년 말 어느 날, 아내가 수컷 새끼 고양이를 데리고 돌아왔다. '호쿠'라고 이름 붙인 그 고양이는 사람이든 고양이든 낯을 가리지 않았다. 입양할 곳을 찾다가 단골 동물병원을 통해 아주 좋은 가족을 만나, 시험 삼아 2주간 보내게 되었다.

그 첫날, 새로 갈 집으로 호쿠를 보낸다. 새로운 가족이 사는 집에는 실내에서 기르는 개가 있었다. 호쿠를 캐리어백에서 꺼낸다. 개에게 다가간다. 긴장하며 바라보는 사람들. 호쿠와 개는 서로 냄새를 맡으며 그저 느긋하기만 하다. 호쿠는, 얼마 지나지 않아 잠까지 들어버렸다. 개마저도 가리지 않는 거냐 넌⋯⋯.

2주 뒤, 새로운 가족과 호쿠를 다시 만났다. 그 댁의 다섯 살배기 딸아이가 호쿠를 향해 "마롱!"이라 부르며 말을 걸었다.

아아, 다른 이름을 지어줬구나.

친한 친구를 부르는 듯한 소리에 '이제 괜찮네' 싶어 기뻤다. 동시에 '이제 '호쿠'는 없는 거구나' 싶어 쓸쓸해졌다.

돌아오는 조수석에서 아내에게 애써 밝게 말을 건넸다.

"호쿠가 마롱이 됐네. 마롱은 밤栗이잖아? 너무 사랑스럽지 않아?"

말 없는 아내를 곁눈질로 보니 우는 것 같기도 하고 웃는 것 같기도 한 이상한 표정을 하고 있다.

······호쿠, 밤, 사과, 참깨, 마롱, 뭐라고 불리든 건강하고 행복하길.

고양이와 함께하는 시간은 절대 낭비되는 시간이 아니다.

- 콜렛

사진으로는 남길 수 없었던
너의 야윈 몸, 허전한 내 마음

밀키에게

오랜만이야. 그날, 밀키 네가 무지개다리를 건너고 나서 일 년이 지났어. 거기는 어때? 여기는, 너무나 갑작스러운 일이었던지라, 네 친구(내 아내)와 둘이서 멍하게 있는 사이에 일 년이 지나버린 기분이야. '벌써 일 년'인지, '이제 일 년'인지조차 모를 정도로 멍하게 보낸 시간이었어.

네 친구는, 너 밀키가 없어진 뒤로 자주 접시를 깨뜨리고는 울더라. 15년을 함께했으니 어쩔 수 없겠지. 요즘은 조금씩 나아지고 있어.

다른 고양이들도 꽤나 변했어. 나쓰메랑 쿠는 자주 싸우고, 와라비와 기리가 이치를 괴롭히기도 해. 밀키가 점잖게 서열을 정리하거나 잘 타이른 덕분에, 그동안 평화로웠나 봐.

아 맞다. 지금 우리 집에 신입이 들어왔어. '덴'이라는 암컷 새끼 고양이야. 태어난 지 며칠 만에 우리 집으로 왔으니까 지금 3개월쯤 됐나. 곧 지바 본가에 데려다줄 생각이야. 말괄량이라서, 밀키가 있었다면 분명 호되게 혼났겠지. 요즘 와라비와 시구레가 거실의 빈곳을 가만히 보고 있곤 하는데, 그때마다 '아, 밀키가 온 건가' 생각하게 돼. 물론 아니겠지? 그랬으면 좋겠지만.

(추신) 1주기를 맞아 이제야 작은 뼈항아리를 샀어. 남은 뼈는 밀키가 자란 본가 밭에 묻으려고 하는데 괜찮지?

인생의 시름을 달래는 두 가지가 있다면, 음악 그리고 고양이다.

– 알베르트 슈바이처

쩔쩔매는 내 마음에 비하면
고양이 이마*는 넓기만 하네

눈이 떠졌다. 큰일났다, 늦잠을 자버렸네. 서두르자, 서둘러. 일어나 이불을 개려고 하면 고양이 A가 위에서 자고 있다.

'자는 데 미안하지만 이불 갤 거니까 비켜줄래?'

여전히 졸려 보이는 고양이 A를 물리치고 이불을 갠다. 그 발밑에는 고양이 B가 달라붙어 아침을 달라고 조른다.

'조금만 기다려. 금방 줄게.'

개어놓은 이불을 일단 침대에 두고 고양이 B에게 사료를 준다.

(자, 이불 정리를 끝내자)

아까 개어놓은 이불에 시선을 주니, 왠지 가운데가 부풀어 올라 꾸물꾸물 움직이고 있다.

'부탁이야. 급하다니까. 빨리 나와.'

한순간에 틈을 비집고 들어간 고양이 A를 쫓아낸다.

맙소사, 이불장을 열자 이번에는 고양이 C가 들어온다.

'하아, 급하다고! 들어오지 말라니까!'

이불장에서 고양이 C를 잡아 끌어냈다.

(아, 이런 일로 고양이들에게 목청을 높이면 안 되지)

속좁은 나에 대해 반성하면서 아침 준비를 끝내고 일하는 방으로 들어온다.

이번엔 내 의자 위에서 고양이 D가 자고 있다.

더 화낼 기운도 없네.

* 일본에서는 '좁다'는 의미로 쓰인다. 우리말로 하면 '밴댕이 소갈딱지'.

고양이라서 인기 있는 거라니까
수염 난 얼굴에 응석받이 중년이라니

가끔 '신이시여, 그건 장난이 좀 지나치지 않습니까?'라고 말하고 싶어질 만큼 미묘한 모양을 가진 고양이가 있다. '하필 얼굴 거기에 얼룩을 두셨습니까……?'라든가 '조금 더 갈색을 많이 넣어주었어야 하는데……'라든가. 그런 고양이를 발견할 때는 '애석상'이라고 칭찬해주기로 했다.

우리 집 애석상의 필두는 나쓰메다. 보호할 당시(생후 약 2개월)부터 변함없는 털보로, '본인은' 하면서 말할 듯한 인상이라 '나쓰메'라 이름 붙였다.[*]

아홉 살이 되어서야 비로소 제 나이를 따라간 것 같은 기분이다. 문호연하고 있다. 그 덕분인지 트위터에 사진을 업로드하면 요즘은 '꽃미남'이라든가 '은근한 멋'이 있다는 둥 평판이 좋아 조금 질투가 난다.

이런 얼굴을 해놓고는 우리 집에서는 최고 응석받이다. 다른 고양이는 쓰다듬어주거나 적어도 말이라도 건네야 가르랑대지만, 나쓰메는 다르다. 눈만 마주치기만 해도 벌써 '골골골골' 소리가 들린다. '파블로프의 개'가 아니라 '니오의 고양이'다.

그렇다고 응석받이일 것까지야.

그러나 짧은 수염을 기른 중년 가운데서도 한참 중년인 내가 여성은 물론, 암고양이에게까지 인기가 없는 이유는 역시 조물주 탓일까.

뭐, 그렇겠지. 장난은 고양이에게만 했으면 싶었는데.

* '본인吾輩'이라는 고어체 표현으로 유명한 소설《나는 고양이로소이다吾輩
  は猫である》의 저자 나쓰메 소세키를 염두에 둔 말이다.

스무 마리 연속
귀여운 고양이를 만나다니
확률 같은 건 도무지 믿을 수 없네

요즘, 잠을 푹 잘 자고 있다. 전에는 작은 소리만 들려도 금세 눈이 떠지곤 했는데. 날씨 탓인가. 그리고 최근, 고양이 '이치'가 자꾸 어리광을 부린다. 전에는 어느 쪽인가 하면 아내파였는데. 조금씩 내 매력에 빠져들기 시작한 건가.

어느 날 아침 식사를 하다가 곤란한 척하며 아내에게 잘난 척했다.

"요즘 한밤중에 이치가 어찌나 응석을 부리는지. 코나 입에 엄청나게 부비부비한다니까. 살짝 물기도 하고."

아내는 이미 알고 있다는 얼굴로 대답한다.

"맞아. 진짜 엄청나게 세게 물리던데. 게다가 몇 번씩이나. 그런데도 눈도 뜨지 않길래 좀 감탄했어."

뭐, 알았다고? 알았으면 감탄하기 전에 깨워주지 그랬어. 아니 차라리 직접 사료를 줬으면 됐잖아.

그런 투로 항의하자 '우리 집에는 밤늦게 사료 주는 그런 법은 없어. 게다가 이치는 내가 아니라 당신한테 사료를 받고 싶다잖아'라는 반박.

그건 그런가.

아침 식사를 끝내고 양치를 하다 거울을 보니 콧잔등에 물린 상처가 있다. 상처를 문지르며 생각한다.

'이치 녀석, 너 나를 너무 좋아하는 거 아냐……?'

코에 난 상처가 문제가 아니다. 여러모로 증세가 심각하다.

고양이는 세상 모두가 자기를 사랑하길 원하지는 않는다. 다만 자기가 선택한 사람이 자기를 사랑해주길 바랄 뿐.

- 헬렌 톰슨

고양이털이 신경 쓰여
더는 앉을 수 없네
예복 입는 날 아침 넥타이는 흰색

조카의 결혼 피로연에 참석했다. 3년 만에 입는 예복이다. 시험 삼아 입어볼 요량으로 옷장에서 꺼내자 벌써 털이 붙어 있다. 드라이클리닝까지 해서 넣어놨더니만. 상의 소매를 자세히 보니 어느샌가 다른 털도 붙어 있다. 바지에 이르러서는 어떻게 입어야 털이 묻지 않을지 도무지 알 수 없을 정도다.

우리 집에서는 고양이털에서 벗어날 수 없다. 그래서 당일은 돌돌이를 지참하고, 집을 나오면서부터 드륵드륵 돌리며 털을 땠다. 부피는 크지만 퍽 유용하다.

시골의 오래된 집에서 치러진 파티는 손수 만든 것들이 풍성한, 무척 좋은 모임이었다. 기념촬영을 하자, 이제 막 친척이 된 양가 전원이 렌즈만 바라보고 있다. 화창하고, 어색하고, 송구해하는 그 분위기가 왠지 좋았다.

그 분위기가 자꾸 생각나, 돌아오는 전철에서 아내에게 소소한 제안을 해보았다. 아마 기분 좋은 생각이 떠올랐다는 듯한 표정이었겠지.

"집에 가서 예복 차림으로 고양이들을 무릎에 올려놓고 기념촬영을 하면 어떨까. 어차피 당분간 안 입을 테니까."

아내가 (또 이상한 소리하네……)라는 얼굴로 나를 본다.

나는 아내가 대답도 하기 전에 '안 되겠지'라고 중얼거리며, 이번엔 마음을 접기로 했다.

아무리 긴 시간이라도 좋은 고양이에 대한 기억을 지울 수는 없다. 아무리 긴 테이프라도 집에 있는 고양이 털을 완전히 없앨 수는 없다.

- 리오 드워켄

원하는 시간에 원하는 곳에서
원하는 만큼 자는 고양이
허점투성이라서 더 좋네

고양이에게 역할을 요구해서는 안 된다. 고양이는 아무것도 안 해도 돼. 가능하면 귀찮은 일은 하지 않아도 돼.

올여름, 한 달 반에 걸친 투병 끝에 시로치가 세상을 떠났다. 아홉 살이었다. 천하태평이었으면서 마지막은 왜 그리 서둘렀을까. 우리 집에서는 (물론 시로치가 가장) 힘든 나날이었다.

시로치가 처음으로 병원에 가기 사흘 전. 집 앞 텃밭에서 고양이 우는 소리가 들리는 것 같았다. 나가보니 태어난 지 몇 주쯤 된 수컷 고양이가 보였다. 마침 반딧불이 철이라, 입양처를 찾기 전까지 '호타'*라고 부르기로 했다. 턱수염 같은 무늬가 특징인데, 어쨌든 붙임성이 좋았다.

시로치가 나날이 쇠약해져가는 동안, 호타의 천진난만함에 위로받는 것 같았다. 입양하겠다고 지원하는 사람도 없어서, 우리 집에서 키우겠다고 각오하고 있었다……라기보다, 아마 그걸 바랐는지도 모르겠다.

8월 1일 새벽, 시로치가 무지개다리를 건넜다. 그리고 바로 그날, 호타의 새로운 가족이 되고 싶다는 연락이 왔다. 기적인가 싶었다.

고양이에게 어떤 역할을 바라서는 안 된다. 하지만 호타만은, 꼭 필요한 바로 그때 어떤 역할을 하려고 우리 집에 온 게 아닐까. 나는 모른 척하며 호타에게 의지하고자 했다. 지금은 '케이'라는 이름으로 사랑받고 있는 호타에게, 정말이지 고마울 뿐이다.

* 일본어로 반딧불이는 '호타루'다.

새 가족에게 고양이를 전하러 가는 부담보다
가벼워진 캐리어백에 더 무거운 마음

칫솔을 새 걸로 바꿨다. 쓰던 칫솔을 버리려고 욕실 쓰레기통 페달을 밟는다. '이 쓰레기통도 장난치는 걸 막으려고 뚜껑 달린 걸로 샀었구나' 생각하며 칫솔을 던져넣었다.

'니코'와 '반'은 작년 가을, 거의 같은 시기에 보호하던 고양이다(이름의 유래는 '개 발에 편자'*).

두 마리 모두 엄청난 사고뭉치였다. 지금까지 함께한 고양이들에게서는 경험해볼 수 없었던 수위의 장난이랄까. 쓰레기통 뒤지기, 커튼 레일 오르기, 누름핀 뽑기…… 꼬리에 꼬리를 물고 생각나는 통에 기가 막혔다.

보호를 하고 수개월이 지났지만, 새로운 가족을 찾기란 쉽지 않았다. 몸도 어느덧 새끼 고양이라 할 수 없게 되었다. 어느 시점부터는 (느긋하게 생각하면 되지) 하고 생각했다. 마음 한구석에서는 (안 되면 우리 집에서 키우면 되지) 싶었다.

거의 포기하고 있을 때쯤, 두 마리 모두 키우겠다는 분이 나타났다.

새로운 가족을 찾는 것은 '운'과 '연'이다.

두 마리를 보내고 난 뒤 우리 집은 고양이가 아홉 마리 있다고는 믿기 어려울 정도로 조용하다. 우리 집이 조용해진 만큼 새로운 집사의 집에는 활기가 넘쳐나겠지.

녀석들이 얼른 새집에 익숙해졌으면 좋겠다. 나도 조용해진 우리 집에 얼른 익숙해져야겠다.

* '개발에 편자'를 일본어로 표현하면 '고양이에게 엽전猫に小判'으로, 음으로
  읽으면 '네코니코반'이다.

휘둘리는 편이지
고양이에게도 좋아하는 사람에게도

우리 집에는 먹는 것에 집착하는 고양이가 한 마리 있다. '와라비'는 체구에 어울리지 않게 의외로 섬세하다.

우리 집 고양이들 식사는 아침저녁 두 번이다. 기본은 마른 사료로, 저녁에는 촉촉한 음식을 토핑으로 얹어준다. 촉촉한 음식은 그저 덤이기에, 저렴한 통조림을 아홉 마리 고양이에게 고루 나눠주고 있다.

어느 날 문득 생각했다.

제멋대로인 와라비는 우대해주고, 불만을 제기하지 않는 다른 고양이는 언제나 값싼 통조림으로 무마하다니. 공평하지 않은 처사 아닌가. 맞네, 맞아!

오늘은 불만이라고는 없는 '후쿠'에게 좋은 통조림을 주어야겠다.

"후쿠도 가끔은 맛있는 음식이 먹고 싶지"라고 말을 건네며 맛있는 통조림을 토핑해 얹은 사료를 코앞에 놓아주었다.

후쿠는 잠시 냄새를 맡더니, 관심 없다는 듯 고개를 돌리고 부엌에서 나가버렸다.

황당…….

후쿠는 불만이 없는 게 아니었다. 나름 취향에 따라 값싼 통조림을 먹어왔던 거다.

그날 깨달았다. 우리 집에는 식탐을 일삼는 고양이가 적어도 두 마리 이상이라는 사실을.

이제 그 이상의 것들은 확인하지 않을 테다.

만약 동물이 말을 할 수 있다면, 개는 서투르게 아무 말이나 할 것이다. 하지만 고양이는 우아하게 말을 아낄 것이다.

– 마크 트웨인

고양이들아
언제 가든 어쩔 수 없지만
그래도 너무 빨리 가지는 말길

고양이털에 재채기가 나는 바람에
도망가는 고양이털이 흩날리는 바람에
猫の毛のせいでくしゃみが出るせいで
逃げ去る猫の毛が舞うせいで

전에 썼던 시다. 도망가는 고양이는 '고미'를 뜻한다. 고미는 내가 재채기할 때마다 '야야야야' 하고 울던 그 녀석이다. 정말로 싫다는 듯한 소리를 내서, 재채기를 할 때마다 고미에게 사과해야 했다. 자존심이 강한 녀석이다.

그런 고미가 갑자기 무지개다리를 건너고 말았다. 아직 열 살이었다.

그날 저녁, 여느 때처럼 저녁을 준비해서, 여느 때처럼 2층 침실로 접시를 들고 가, 언제나처럼 같은 자리에서 자고 있는 고미에게 "밥이야" 하고 태평스레 말을 건넸다. 늘 자던 자리인 쿠션 위에서, 고미는 여느 때와 다름없이 자

는 듯이 숨을 거두었다. 어쩌면 아닐 수도 있다. 고미는 평소와 전혀 달랐는
지도 모른다. 그저 내가, 전조나 낌새를 알아주지 못했는지도 모른다.

너무나도 갑작스러웠기 때문에 아직까지 제대로 슬퍼하지도 못한다. 슬퍼하
지 못하는 게 슬프다. 이게 뭐야, 너무 이르잖아.

이제 아무리 재채기를 한들 화내는 고양이는 없다. 그날 이후, 재채기를 할
때마다 고미의 빈자리를 느낀다. 하지만 동시에, 재채기를 할 때마다 고미를
떠올리게 된다. 고미가 남긴 선물 같다. 고양이에게 혼나는 게 그리 나쁘지만
은 않다.

만약 고양이가 나무에서 떨어지면 집 안에 들어가서 웃도록 하라.

- 페트리샤 히치콕

변덕스럽고 기품 있고 까다롭다니
삼색묘는 성격도 독특해

우리 집 역대 고양이 가운데 삼색묘는 네 마리다.

첫 번째 삼색묘인 '밀키'는 결혼 전에 아내가 키우던 고양이었다. 기가 세서, 함께 살기 시작했을 무렵에는 나를 없는 사람 취급했다. 완전 무시당했다.

2월에 무지개다리를 건넌 '고미'는 재채기를 싫어해서, 내가 재채기할 때마다 혐오스럽다는 듯 비난했다.

고미의 형제 고양이인 '우미'는 요즘 자주 '키리'와 치고받고 있다.

그러고 보니 밀키도 고미도, 다른 고양이들과는 사이가 그리 좋지 않았다. 그런데도 삼색묘들끼리는 사이가 좋다. 학원 드라마에 흔히 등장하는, 교실에서 나쁜 일을 벌이는 부잣집 자식들처럼.

지금까지 함께 산 삼색묘가 거의 이런 분위기였기 때문에, 삼색묘는 대개 그렇구나 싶었다.

하지만 네 번째 삼색묘인 '후쿠'는 전혀 달랐다.

화내지 않는다. 인내심과 배려심이 있고 애교가 많아 다른 고양이와도 잘 지낸다. 지금까지의 삼색묘 이미지와는 정반대인 셈. 뭐랄까, 그래, 왠지 '서민적'이다.

그 말을 하자 아내는 "세대가 다르니까?"라고 말했다.

버블 세대와 유토리 세대*의 생각이 다르듯, 같은 삼색묘라 해도 세대가 다르면 성격이 달라지게 마련이라는 뜻이다.

(그럴 리가 있겠어)라고 생각하며 후쿠를 바라보니, 여전히 발라당 배를 내보이고 있다.

후쿠는 돌연변이 삼색묘일지도 모르겠다.

* 버블 세대는 1964년에서 1970년 사이에 태어난 사람들을 통칭하는데, 경제
  불황 시기에 청소년기를 보낸 고난의 세대이다. 반면 1987년에서 1996년
  사이에 나고 자란 세대는 유토리, 즉 '여유' 시간이 도입된 교육을 받은 세대
  로, 빠르게 변하는 사회에 대응할 힘을 기른 첫 세대로 평가받는다.

기쁠 때 '루' 하며 우는 고양이
슬플 때 내는 소리는 모른다네

직접 키우는 고양이에 대해 쓴 글들은 전부 '남사스러운 이야기'라고 생각해도 무방하다.

아무리 쿨하게 쓰여 있다 해도 속으면 안 된다. 모두들 자신이 키우는 고양이의 매력을 '귀엽다'라는 쉬운 단어 말고 어떻게 전달할지에만 혈안이 되어 있으니 말이다.

요즘, 마당에 길 잃은 고양이가 늘었다. 그중에, 바깥 생활에 그리 익숙하지 않은 듯한 고양이가 하나 있었다. 우리는 시무룩한 얼굴을 한 그 고양이를 집에 들이기로 했다. 장모종이어서 '초[長]'라고 이름 붙였다. 평범하기 짝이 없는 이름과는 달리 초는 개성이 넘쳤다.

초는 조금 다르다. '이리 와' 하고 무릎을 치면 기뻐하며 올라와 앉는다. 내가 움직이면 반드시 졸졸 따라온다. 내가 목욕하는 동안에는 욕실 앞에서 기다린다.

너 혹시 충견이니?

게다가 아내는 그리 따르지 않는다. 못 보던 유형이다. 출장 등으로 내가 집을 비울 때를 생각하면, 이런 패턴은 옳지 않다. 참 곤란하다.

지금도 화장실에 가려고 의자에서 일어나니 나를 올려다보며 '우루루' 하고 운다. 시무룩한 얼굴이 여간 귀여운 게 아니다. 귀여워서 돌아버리겠다.

……아, 이런 말을 써버리다니.

우리 삶에서 고양이가 반겨주는 것만큼 가슴을 따뜻하게 만드는 게 또 있을까?

-테이 호프

새 가족에게 고양이를 보낼 때
무지개다리로 고양이를 보낼 때
나는 고양이가 지나가는 빈 통

오랜만에 새끼 고양이를 맡았다.

심지어 태어난 지 일주일쯤 된 아가다. 2층 작업실에 케이지를 놓고 네 시간 간격으로 우유를 준다. 엄청나게 집중해서 우유를 마시는 새끼 고양이는 생명, 그 자체다.

침실에는 투병 중인 '이치'가 있다. 이치는 입안 상태가 계속 좋지 않았다. 일주일에 두 번 통원하면서 링거와 진통제를 맞고 있다. 이제 얼마 남지 않았다는 건, 알고 있었다.

새끼 고양이는 하루가 다르게 커가고, 이치는 하루하루 약해진다. 작업실에서는 '삶'과, 침실에서는 '죽음'과 마주한다. 기분이 크게 오르락내리락하는 나날이었다. 그러던 어느 날, 이치는 마지막까지 담담하게 무지개다리를 건너고 말았다. 아가였던 새끼 고양이는 이제 뛰어다닐 정도였다.

'삶'과 '죽음'이라는 변화의 폭 사이에서 '우리 집은 빈 통'이라는 생각이 강하게 들었다. 그저 고양이가 지나가는 통.

통이라고 해서 의미가 없다는 말이 아니다. 어느 쪽인가 하면 '통으로 지낼 각오가 되었다'라는 뜻에 가깝다.

그 뒤, 고양이는 동생네로 가게 되었다. 지금은 '톰'이라는 이름으로 사랑받고 있다.

빈 통이어도 괜찮아.

인연을 맺은 고양이가, 그 생을 평온하게 보내기 위한 '통'으로 지낼 수 있다면야.

고양이는 누가 자기를 좋아하고 누가 자기를 싫어하는지 안다. 그러나 그리 신경 쓰지 않는다.

- 위니 프레드 카리에르

'저땐 참 귀여웠지'라고
과거형으로 말한 적 없네
고양이의 귀여움은 늘 현재진행형

작년 말 어머니가 돌아가셔서, 본가에서 키우던 '덴'을 우리 집으로 데려왔다.

덴은 애초 7년 전, 아내가 잠시 맡았던 고양이다. 태어난 지 열흘쯤 된 고양이였는데, 생김새가 고양이라기보다는 족제빗과의 담비 같아 보여서 '덴'이라고 이름 붙였다. 수유기가 끝날 때까지 우리 집에서 지내다가 덴을 키우고 싶다는 어머니께 양보했던 것이다.

당시 덴의 털빛은 엷은 크림색에 무늬가 거의 없어서 샴고양이 같은 느낌이었다. 그런데 본가를 찾을 때마다 털빛이 짙어지고 무늬도 또렷해졌다. 지금은 아기 때 모습은 거의 없어서 마치 다른 고양이 같다. 확실히 '고양이 역변'을 겪은 모양이다.

비록 모습은 달라졌지만, '덴'뿐만 아니라 어떤 고양이를 두고도 '새끼 고양이 때는 예뻤는데'라고 생각해본 적이 없다. 현재진행형인데 어떻게 과거형으로 생각할 수 있단 말인가.

혼자서 사랑을 독차지하던 본가를 떠나 갑자기 다른 고양이들과 함께 살게 되어 힘들 텐데. 게다가 왔다갔다하게 해서 미안하기도 했다.

그래서 아쉬운 대로, 생전 어머니의 목소리를 흉내 내며 '우리 덴코, 귀엽네'라고, 하루에도 몇 번씩 말을 건넨다.

덴은 그럴 때마다 그저 귀찮다는 듯한 표정일 뿐이지만.

개는 당신에게 아부할 것이다. 하지만 당신은 고양이에게 아부해야 한다.

-조지 마이크스

생일조차 모르는 고양이
기일이나마 지켜주고 싶네

작년 겨울 어느 날, 마당에 낯선 고양이가 찾아왔다. 얼굴 오른쪽 절반이 딱지로 덮이고, 깡마르고 매우 지친 모습이었다.

저항할 힘조차 남아 있지 않았기에 힘들이지 않게 잡아서 병원으로 데려갔다. 체중 2킬로그램, 얼굴 오른쪽의 큰 상처, 빈혈, 탈수증세, 황달……. "조금 어려울지도 모릅니다"라는 선생님의 말을 듣고도 달리 어쩔 도리가 없을 상태였다.

"이름이 뭔가요?"라는 물음에 순간, '비실비실하니까 비실이'라고 정말 엉성하게 이름 붙였다. 그도 그럴 것이, 더는 무리라고 생각했으니까.

병원에서 잘 처치하고 치료받아 목숨은 건졌지만, 고양이 에이즈 감염증과 고양이 백혈병 바이러스 감염증 모두 양성이었다. 고양이 전염성 빈혈마저 앓고 있지만 정식으로(?) 우리 가족이 된 것이다. 가족의 일원이 됐다고는 해도 다른 고양이들과는 완전히 격리되고 정기적으로 병원에 가야 한다. 그래도 체중이 두 배 이상 늘고 오른쪽 상처는 다 나았다(할퀴는 바람에 색은 빠지지 않지만).

태평하고 응석받이에 마음씨 좋은 고양이다. 언제 어떻게 되더라도 할 말이 없는 상태이지만, 어쨌든 지금은 퍽 안정된 상태다.

오케이.

살아 있는 것만으로도 충분해. 살아 있는 한 함께 즐겁게 지내보자.

고양이들에게는 어떻게 즐거운 시간을 보낼 수 있는지 보여줄 필요가 없다. 그
방면에 이미 확실한 재능을 타고났기 때문이다.

-제임스 메이슨

행복한 냄새가 있다면 햇볕이나
빵이나 고양이를 닮았을 테지

'고양이에게는 햇볕 냄새가 난다'는 말을 자주 듣는다.

나는 '고양이에게서 벼 이삭 냄새'가 난다고 느낀다. 다른 사람들에게 물어보면 실로 다양한 '고양이 냄새'가 쏟아진다. 비스킷, 찐 감자, 종이비누, 삶은 완두콩, 구운 빵⋯⋯.

한번 '고양이 좋은 냄새'라고 검색해보니, 우유, 버터, 메이플시럽, 마른 풀, 이불, 팝콘⋯⋯ 정말 다양한 냄새가 줄을 잇는다. 물론 '그 냄새 성분이 이것과 유사하기 때문에'라는 식의 '정론'도 있겠지만, 그리 흥미가 가지 않는다. 그보다도 같은 냄새를 맡고 있는데도 이렇게 다양한 냄새와 닮았다고들 하는 게 무척 흥미롭다. 결정적으로 '이거다!'라는 게 없다는 점도 더할 나위 없이 고양이스럽다.

내가 '벼 이삭 냄새가 난다'라고 느끼는 이유는 아무래도 시골에 살고 있기 때문이 아닐까 싶다. 게다가 '벼 이삭'='좋은 냄새'라는 이미지까지 이어져 있다. 그러고 보면 '고양이 냄새를 어떻게 느끼는가'에는 그 사람의 생활이나 행복관 같은 것이 자연스럽게 배어나오는 것 같다. 고양이만큼 재미있다.

고양이는 날마다 우리가 돌아오길 기다리며 대부분의 시간을 보낸다.

– 존 그로건

아홉 마리 고양이라기보다
아홉 생명들과 함께 살고 있습니다

올 가을, 다섯 번째 베트남 여행을 다녀왔다.

예정보다도 사흘이나 먼저 귀국했는데, 생각지도 못한 일이 기다리고 있었다. 무사히 집으로 돌아와 근처 편의점에 들렀을 때, 정원수에 몸을 둥글게 말고 있는 흑갈색 고양이를 발견해버린 것이다!

(살아 있는 거지?) 하면서 가까이 다가가자 슬쩍 고개를 든다.

다행이다, 살아 있어.

안아 올리자 비쩍 마른 몸은 저항도 하지 않는다. 바로 병원으로 데려갔다. 바이러스 검사 결과, 고양이 에이즈와 고양이 백혈병 둘 다 양성. 그 순간, 녀석은 우리 집 아홉 번째 고양이로 정해졌다.

아내는 "'느긋하다'거나 '안심' 같은, 그런 분위기를 풍기는 이름이 좋겠어"라고 말했다.

이름을 짓는다는 것은 어딘가 기도를 닮았다. 조사해보니, 베트남어로 '느긋하다'는 'Nhànnhã'라고 하는 듯하다. 우연인지 발음도 고양이스럽다. 베트남에서 돌아온 날 보호하게 된 고양이는 이렇게 '냥냐'라고 이름 지었다.

이렇게 해서 우리 집은 고령에다 아픈 고양이들만 모이게 되어, 어쩔 수 없이 '생명'의 윤곽이 뚜렷해졌다.

언제까지 함께할 수 있을지 모르는 생명들과의 하루하루는 더 진하고 귀하다. 양지에서 식빵 자세를 하고 있는 것만 봐도 눈가가 촉촉해지곤 한다. 냥냐도 이름 그대로 편안하길 바랄 뿐.

한 동물을 사랑하기 전까지 우리 영혼의 일부는 잠든 채로 있다.

-아나톨 프랑스

인기 폭발의 순간
곁에서 자겠다며 조르는 애인이 매일 밤 바뀌네
고양이에서 고양이로

겨울이 싫다. 일 년 내내 여름이면 좋겠다고 생각한다. 그런 말을 하면, 더위를 싫어하는 사람은 반드시, 정말 꼭 이렇게 말한다.

"추우면 옷을 입으면 견딜 수 있지만, 더울 땐 벗어도 더워."

지긋지긋한 말이다. 그런 의미가 아니다. 추우면 기가 허해져서 안 된다.

"항상 여름인 섬으로 이사하면 되잖아."

역시 질릴 만큼 들은 말. 그런 조언이라면 내가 주택 대출금을 다 갚고 나서, 여유가 생긴 다음 해주면 좋겠다.

그런 이유로 다시 겨울이 왔다. 잠을 잘 때면 고양이들이 침대로 모여든다. 겨울에만 볼 수 있는 '잠자리 쟁탈전'의 시작이다. 싱글 침대 두 개의 면적 안에서 두 사람과 다섯 마리(네 마리는 1층에서 자고 있다)가 자리를 잡는다. 어떤 때는 고양이 사이를 비집고 누워서, 어떤 때는 가슴과 배에 고양이를 올린 채 우리는 겨우 잠자리를 확보한다.

새벽에 눈을 뜨면 머리 밑에 베개가 없다. 고개를 돌려보니 고양이가 자기 것인 양 베개를 점령하고 있다. 아직 졸린 나는 베개 오른쪽의 4분의 1 정도에만, 왠지 모르게 미안한 기분으로 머리를 얹는다. 그런데 이번에는 아무래도 발이 시리다. 고개만 들어 확인해보니, 허벅지 옆쪽 이불 위에 다른 고양이가 둥글게 몸을 말아 이불과 담요를 반 이상이나 가져가셨다! 허리 아래로는 아무것도 덮지 않았으니 추울 수밖에. 기분 좋게 자고 있는 고양이를 차마 깨울 수는 없다.

할 수 없이 슬그머니 이불 밖으로 나온다. 겨울에는 물색없이 일찍 일어나게 된다.

……정말 겨울이 싫다.

졸고 있는 작은 고양이를 보는 것은 더할 나위 없는 행복이다.

-샹플뢰리

화장실에 가고 싶은데 내 방광 언저리에서
꾹꾹이를 하는 고양이

"고양이는 자기 이름을 알아듣는다"라거나 "고양이는 사람의 기분을 이해한다"라는 말을 자주 듣는다. 나는 '그럴 리가. 고양이는 다른 이름으로 불러도 돌아보고, 자기 이름을 불러도 돌아보지 않아'라고 생각한다. 사람의 기분 같은 것도 모를 것이다. 애초에 사람의 기분이라는 건, 같은 사람이라 해도 전혀 모르는 거니까…….

요 며칠, 감기로 앓아누웠다. 기침을 하며 침대에 누워 있자니, 겨울철에는 자기 잠자리에서 거의 나오지 않는 최고령 고양이 '쿠'가 멀거니 모습을 드러냈다. 바로 누운 내 가슴 위로 올라와 들여다보듯 나를 내려다본다.

그 얼굴을 보자 '혹시 나를 걱정해주는 건가'라고 생각할 뻔했다. 생각할 뻔했지만, 얼른 마음을 접었다.

'괜찮냐고 묻는 것처럼 보이는 건 내가 그만큼 약해졌기 때문이야'라고 필사

적으로 마음을 돌이키다가, 문득 이런 생각이 들었다.

나는 분명 '고양이는 자기 이름도 알고 있고, 사람끼리도 알 수 없는 것들을 전부 꿰뚫어보는구나'라고 생각하고 싶은 것이다. 하지만 그렇게 생각하지 않으려고 자제하고 있다.

쿠가 내 가슴 위에서 식빵 자세를 하며 본격적으로 자리를 잡는다.

이 무게로, 충분하다.

고양이는 있어주기만 해도 충분한 것이다.

고양이를 모르는 사람들에게는 모든 고양이들이 비슷한 존재이다. 하지만 고양이를 사랑하는 사람이라면 모든 고양이들이 서로 완벽히 다르다는 사실을 안다.

- 제니 드 브라이즈

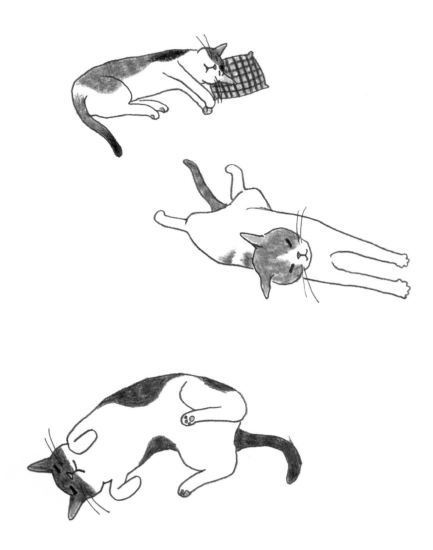

고양이가 자유로이 자고 있네
오늘은 그래서 따뜻한 날

직위나 자리 이동이 많은 계절이다. 새로운 환경은 걱정스럽기도 하고 새롭기도 해서 마음이 분주하다.

요새는 거의 집에서 일하지만, 몇 년 전까지는 출장이 잦아 집을 비우는 때가 많았다.

언제나 있던 곳에서 떠나 보면 이런저런 것들을 깨닫게 되어 재미있다.

예를 들어, 내 코는 사흘 정도면 리셋되는 것 같다. 출장에서 돌아와 현관을 열면 먼저 '오, 우리 집 냄새다'라는 생각이 든다. 그저 동물 냄새이지만, 하룻밤으로는 잘 느끼지 못한다.

게다가 고양이가 가진 나에 대한 기억은 2주 정도면 리셋되는 것 같다. 2주 이상 긴 출장을 마치고 집에 돌아오면 고양이들이 나를 멀찍이서 바라본다. 오랜만에 만나는 건데…….

하지만 가장 큰 발견은 '고양이가 있는 생활은 좋다'라는, 어쩌면 당연한 깨달음이었다.

그러고 보니 이 책 역시 출장인 셈이다. 이제 마지막 회. 세 번의 출장을 마치고 원래 있던 《네코마루》로 돌아간다. 꽤나 걱정도 되고 새롭기도 하고 즐거운 출장이었다.

조만간 다시 만나요, 고양이는 늘 기다리고 있으니.

여성, 시인, 그리고 예술가들이 고양이를 더 좋아한다. 섬세한 영혼을 지닌 이들만이 고양이의 예민한 신경을 이해할 수 있나 보다.

                  - 헬렌 M. 윈슬로우

◈ 저자의 말 ◈

이 책에는 《네코마루》에 연재한 〈고양이 단가〉가 1회부터 실려 있다. 제1회
는 2007년 겨울봄호였으니, 13년 전부터 쓴 문장인 셈이다.

이 13년이라는 시간 동안 여러 마리 고양이를 보호하고, 입양 보내거나 간호
를 하기도 했다.

다시 읽어보니 이미 무지개다리를 건넌 고양이들도, 그리운 고양이들도 그
안에 있다. 슬픈 이야기도 있지만, 당시 일을 시나 문장으로 남겨놓을 수 있
어서 행복하다.

그 《네코마루》 연재와 《네코비요리》 연재를 재구성해 책 한 권으로 묶었다.
또한 행복한 일이다.

게다가 《네코마루》 지면에서는 사진이었던 부분을 이 책에서는 고이즈미 사요 씨가 그린 고양이 일러스트로 바꿔주었다. 역시나 행복한 일이다.

이 책을 읽은 분들이 보호 중인 고양이를 입양한다거나 시와 단가에 흥미를 갖게 된다면, 정신이 나갈 만큼 행복할 것 같다.

행복하다. 집에 고양이가 있어서

울거나 웃을 수 있어서.

니오 사토루

216 🐾

버려진 고양이가 울고 있었네 우는 것조차 할
수 없게 된 고양이 옆

捨て猫が鳴いていました　鳴くこともできなくなっ
た猫の隣で

못 본 척했다가는 죽을지도 모르는 고양이가
아니었다면 안 봤을까

見て見ないふりをしてたら死んでいた猫じゃなけれ
ば見なかったかな

고양이가 늘어날수록 탈취 용품도 늘어나 평
범한 냄새가 기억나지 않네

猫が増え消臭グッズも増え続け普通の匂いがもうわ
からない

새로운 집사를 찾을 예정인 고양이 이름은 '1'
애착이 생기지 않도록

里親を探すつもりの猫の名は「1」　愛着がわかない
ように

중성화수술한 뒤 갇혀 있는 고양이들에게 오
히려 치유나 받고 정말 미안해

去勢して軟禁している猫たちに癒されたりして申し
訳ない

창끝에 고양이 다섯 마리가 나란히 가늘어서
보이지도 않네

窓際に五匹の猫が並んでる　「るるるるる」って見
えなくもない

툇마루에 고양이가 자고 있는 집에 있으니 더
할 나위 없이 평화롭다네

縁側で猫が寝ている家にいてもう戻れないくらいに平和

1층으로 내려가지 않겠다는 고양이가 있어 오
늘은 땡땡이로구나 싶은 생각이 드네

一階におりていけない猫といて　きょうは仕事をサ
ボる気がする

배고프네 고양이 사료뿐이지만 고양이 사료라
면 있지 배고프네

空腹だ　猫のえさしかないけれど　猫のえさならあ
る　空腹だ

청소기를 싫어하는 고양이 때문이라고 둘러대
고 낮잠 자고픈 청소 당번

掃除機が苦手な猫のせいにして昼寝にしたい掃除当番

뭐든지 꿰뚫는 듯한 눈으로 나를 보는 고양이
앞에서는 잘 웃을 수 있네

なにもかも見透かした目で僕を見る猫の前ではうま
く笑える

이름을 부르면 꼬리로 대답하는 고양이가 있
네 아내를 불러도 똑같이 대답해버리지만

名を呼ぶと尻尾で答える猫がいる　妻を呼んでも答
えちゃうけど

한껏 달아올랐을 때도 침대에서 고양이가 자
고 있으면 사그라들지

盛り上がりそうなときにもベッドには猫が寝ていて
なごんでしぼむ

오른쪽에 아내 왼쪽에 벽 가슴 위에 고양이 머
리맡에 고양이 맨살에 고양이

右に妻　左には壁　胸に猫　枕元に猫　股ぐらに猫

막 심어놓은 대파를 가지고 놀고 있네 그러고 보
니 고양이라는 글자는 '개사슴록변'에 '모종苗'

植えたてのネギでじゃれてる　そういえば猫という
字はけものへんに苗

저 담에 항상 오던 고양이가 오지 않게 되니 오
늘도 언제나처럼 담만 있네

あの塀にいつもの猫が来なくなり　きょうもいつも
の塀だけがある

길고양인데도 붙임성이 좋네 분명 과거에는
이름으로 불렸을 고양이

ノラなのに人なつっこい　おそらくは過去に名前で
呼ばれてた猫

더는 고양이가 살지 않는 본가 부엌 고양이 그
릇에 남은 파사사삭

もう猫がいない実家のキッチンの猫のうつわに残る
カリカリ

무뚝뚝한 장인어른의 경차 보닛 위에는 고양
이 발자국이

無愛想な義父が乗る軽自動車のボンネットには猫の
足あと

'안 줄 거야'라는 얼굴로 돌아보는 길고양이 입
에는 둥근 어묵 한 조각

「あげないよ」って顔で振り向く野良猫の口に丸ご
とちくわ一本

고양이가 아니라는 게 확인되자마자 또 차에
치이는 도로의 목장갑

猫じゃないことを確認されながらまた轢かれていく
車道の軍手

식탁 위까지 더 뛰어오르지 못하고 올려다보
는 고양이와 먹는 말린 생선

食卓の上まではもう跳べなくて見上げる猫と食う一
夜干し

아름다운 고양이 등을 쓰다듬는 내 새우등은
아름답지 않네

美しい猫の背中をなでている僕の猫背は美しくない

내가 쓰다듬는 고양이보다 쓰다듬고 있는 내
목에서 가르랑 소리가 날 듯

なでられている猫よりもなでている僕こそ喉が鳴っ
ちゃいそうだ

가슴을 누르는 자세로 잠드네 어미 젖을 물어본 적 없는 고양이

乳を押すしぐさで眠る　母親の乳をふくんだことのない猫

고양이가 잠들기 가장 좋은 곳이 아내의 무릎이라는 걸 인정하지 않을래

猫が寝て一番さまになる場所が妻のひざだと認めていない

눈도 뜨지 못한 고양이가 서글픔을 등으로 이야기할 때까지의 시간

目もあいてなかった猫が哀愁を背中で語るまでの年月

'이 집은 어때?'라고 고양이에게 물어보네 아무 대답도 하지 않는 게 좋지

「この家はどうだ？」と猫に聞いてみる　何も言わないのをいいことに

집에 올 때마다 '누구신지요?'라고 묻듯이 냄새를 맡으러 오는 고양이와 십 년 동안 살고 있습니다.

帰るたび「どなたですか？」と嗅ぎにくる猫と十年暮らしています

고양이가 기다리는 집으로 가고 싶어

초판 1쇄 인쇄 2021년 2월 25일
초판 1쇄 발행 2021년 3월 4일

지은이 니오 사토루 그린이 고이즈미 사요
옮긴이 박주희
펴낸이 정용수

사업총괄 장충상 본부장 윤석오
편집장 박유진 책임편집 박유진 편집 김민기 정보영
디자인 김지혜
영업·마케팅 정경민
제작 김동명 관리 윤지연

펴낸곳 ㈜예문아카이브
출판등록 2016년 8월 8일 제2016-000240호
주소 서울시 마포구 동교로18길 10 2층(서교동 465-4)
문의전화 02-2038-3372 주문전화 031-955-0550 팩스 031-955-0660
이메일 archive.rights@gmail.com 홈페이지 ymarchive.com
블로그 blog.naver.com/yeamoonsa3 인스타그램 yeamoon.arv

한국어판 출판권 © ㈜예문아카이브, 2021
ISBN 979-11-6386-064-8 03830